業餘超人

[illegible]大水怪

[illegible] 繪

N
桃子大街
82街
長河
72街
71街
長河公園
方塊大橋
郊區
芒果街
葡萄街
鳳梨街
番茄街
長方區
三角大橋
鴨梨街
櫻桃街
三角區
桔子街
海洋公園
藍莓路
西瓜路

郊區
桃子水庫
半圓區
方塊電視臺
森林
直線大河
橢圓公園
N大道
H大道
方塊區
橢圓市立第三小學
D大街
C大街
阿博家
大海
圓圈島

業餘超人

捉拿大水怪

人物介紹

牛頓

流浪街頭時被阿博收留，是隻穩重可靠的諾福克㹴犬，更是阿博倚重的好幫手。

業餘超人

在橢圓市打擊犯罪的超人，表現有點業餘，但他的熱心與正義感很受市民肯定。真實身分不詳。

阿博

天才小學生，專長是電子學，喜歡發明。夢想成為偉大的詩人，非常積極的向每一家出版社投稿。

莎士比亞

阿博養的鸚鵡，總是很聒噪，喜歡惡作劇，最愛看電視節目《一群小笨蛋》。

靂靂太太

阿博的媽媽，常常碎碎念，又老是被兩隻寵物作弄，但從不干涉兒子進行各種奇怪的發明。

阿　達

阿博的同班同學，立志要查出業餘超人的真實身分。

乎乎警長

橢圓市的警長，率領強悍的團隊保護市民，業餘超人的幫忙有時讓他哭笑不得。

加　菲

阿達養的狗，長得很像主人。

河岸邊的爭吵

「我們都知道，英國倫敦的格林威治位於零時區，假設英國倫敦是一點鐘，那麼德國的柏林就是兩點鐘，這說明……」

課堂上，娜娜老師看著大家，她指了指正在照鏡子的美美，「美美，你說一下，這說明了什麼？」

「啊？」美美聽到老師叫她，急忙放下鏡子，「老師，你在問我嗎？」

「沒錯，我確定你不是阿達。」

「那麼……抱歉，請問你的問題是……」

「英國倫敦是一點鐘時，德國柏林就是兩點鐘，這說明什麼？」娜娜老師重複了一遍。

「這說明……」美美眨眨眼睛，「嗯……這說明柏林人的手錶都壞了。」

「哈——」全班笑聲一片，阿達笑得前仰後翻。

「哦，可憐的美美。」娜娜老師看著一臉無辜的美美。

「老師，我知道。」好幾個同學高舉雙手，阿博也舉起了手，身子微微抬起。

「阿博。」娜娜老師露出無奈的笑容，「坐著回答就可以了，不要站起來，好像又要突然跑出教室一樣，那麼，你來告訴美美這是怎麼一回事吧！」

「因為倫敦是零時區，柏林在東一時區，所以柏林時間要比倫敦時間快一個小時。」阿博說。

「嗯。」娜娜老師微笑點點頭，「美美，明白了嗎？」

「明白了。」美美說：「我全明白了，可憐的倫敦人，放學下班都要晚一個小時，真是可憐……」

「哈——」全班又是一陣大笑。

「美美，放學留下來，我單獨幫你補課。」娜娜老師看著美美，再看看阿博。

「阿博，你回答得很好。

而且，這段時間你都沒有從我的課堂上跑出去，我實在有點不習慣呢！」

「那是因為沒有什麼重大事件發生。」阿達露出狡猾的笑容說。

「哼！」阿博回過頭，瞪了瞪阿達，阿達向他吐吐舌頭。的確，最近橢圓市沒有什麼重大事件發生，所以阿博一直沒有出動。況且他心情相當不錯，還答應週末帶牛頓和莎士比亞到公園走走。

四月春光明媚，橢圓市告別了漫長冬日的孤寂，人們成群結隊來到各個公園，享受溫暖的陽光。

在方塊區長河公園的大草地上，阿博懶洋洋的躺著，他的身邊趴著牛頓，莎士比亞則靠在牛頓身旁。這個週末，阿博一大早就帶兩個幫手來到長河公園，他們打算舒服的度過這個假日上午。長河公園是一個狹長、面臨長河的公園，所以叫長河公園，這裡離阿博他們住的C大街不遠。

「哎呀——」阿博先是伸了個懶腰，隨後起身，「要是能一直這樣躺著就好了，要是能深情的朗誦一段我最新創作的詩歌，就更⋯⋯」

「不要。」牛頓立即從享受的姿勢站起來，他用力的擺了擺前腳，「要念詩去你家附近的小公園就好，那裡少有人去，這裡遊客多得很，你不要破壞大家的好心情。」

「牛頓，你這樣說太過分了。」阿博緊鎖眉頭，「我的詩真的有那麼糟嗎？」

「不是糟，是非常糟。我可以先離開，你再念，保證周圍的人全變成逃難的難民。」牛頓指了指身邊的人。

「那……還是算了吧！」阿博聳聳肩。

「你不念那些詩，這裡就更美了。」莎士比亞一直閉目養神，此時微微睜開眼睛，「我真喜歡長河公園……」

「你不是喜歡《一群小笨蛋》嗎？」阿博隨口說。

「我喜歡長河公園，也喜歡《一群小笨蛋》。」莎士比亞完全睜開眼睛，「我喜歡在長河公園裡看《一群小笨蛋》，上次救了他們後，劇組邀請我去探班，我還沒去呢……」

「莎士比亞，你真是一隻懂得享受生活的鳥。」阿博說，「走吧！我們去享受一頓美味的大餐，我的肚子餓得咕嚕咕嚕叫了。」

「我也是。」牛頓馬上附議：「三角大橋下那家速食店的雙層漢堡不錯，阿博，你去買，我們在外面等你。」

「知道知道，你今天肯跟我出來不就是想嘗嘗那家的漢堡嗎？」阿博說著往三角大橋走去。三角大橋是連接三角區和方塊區的大橋。

剛剛走了幾步，只見幾個拿著麥克風、扛著攝影機的記者衝向河邊，把一個人圍在中間，有些遊客也跟著湊過去。

「還真熱鬧。」阿博說著也跟了過去。

被記者圍住的是一個年輕人，他站在河邊的一臺販賣爆米花的推車前，車棚寫著「比爾爆米花」幾個字。

「請問比爾先生，你剛才真的看見水怪了嗎？」一名女記者把麥克風伸到比爾面前。

Bill
Popcorn

「當然！我真的看見了，牠就在長河裡，我當時正好回過頭，」比爾激動的指著身後的河面，「牠腦袋是圓的，還有兩顆大大的紅眼睛，一直瞪著我呢！牠一定是想吃掉我，牠絕對是衝著我來的……」

「為什麼你認為牠要吃你呢？」一位男記者問。

「這要從一年前說起。那時候正是我人生的最低谷，因為進了些便宜貨，我的爆米花一包也賣不出去。」名叫比爾的年輕人表情很是痛苦，「我一生氣，就把爆米花全倒進長河，一定是那些堅硬的玉米粒塞住牠的牙，所以牠生氣了，現在要把我吃掉。」

「可是牠沒有上岸吃你呀！」女記者問。

「也許是牠看我還不夠胖，要等我胖了再吃我。」比爾的語氣似乎很肯定。

「大家不要相信他！他從小就愛撒謊，我媽媽說他長大了一定當不了愛迪生，只能到橢圓公園賣爆米花，爆米花是垃圾食物……」

正當大家圍著比爾的時候，一個聲音傳了過來，大家轉身一看，一個胖胖的年輕人站在人群外，激動的大喊著。

「喂，小西！你這個賣垃圾食物的胖子，你再處處和我作對，早晚我會扭下你的腦袋……」比爾衝向那個胖子並揮動著拳頭。

「大家真的不要相信他，他完全是個騙子……」叫小西的胖子繼續對著大家喊道。

那幾個記者連忙圍到小西身邊，阿博和遊客也跟了過去。

「請問，你為什麼說他是騙子呢？」男記者搶著問。

「因為我了解他，我和他從小學到中學都是同學。」小西看到記者都圍在自己身邊，有些得意，「他是不是打電話給你們，說看到水怪了？」

「是呀！」圍觀的記者們都點著頭。

「哼！我剛也在這裡，我就沒看見。」小西說：「啊！忘記介紹了，我是小西全球餐飲集團公司的總裁小西，我的炸雞翅攤位就在這裡。對了，大家注意，爆米花是垃圾食物，炸雞翅不是……剛才我就聽到他在那裡大叫，說看到水怪了，哪裡有水怪？我怎麼沒看到，我當時還問了小來全球玩具集團公司的總裁小來，他也沒看到，沒想到這傢伙還把記者找來了。喂，小來，你也沒看到水怪，對吧？」

「沒有。」不遠處，一個賣氣球的小販回答道。

「我就是看到了。」比爾氣呼呼的擠進人群中，「大家聽著，這傢伙從小就和我作對，我說看見水怪，他一定說沒有。他從小就是個貪吃鬼，我媽媽說他長大後一定成不了愛迪生，只能去橢圓公園賣炸雞翅。對了，炸雞翅是垃圾食物，爆米花不是……」

「哇——你們兩個的媽媽真有遠見。」幾個記者邊笑邊誇獎著。

「不算很有遠見啦！她們預言我們在橢圓公園擺攤，但是我們都來到了長河公園。」小西很謙遜的說。

「其實很準確的，我們以前是在橢圓公園擺攤沒錯，但那裡競爭太激烈了，所以我們來到了這裡。」比爾補充道：「你說對吧？小西。」

「沒錯。」小西點點頭，此時他們倒是像個朋友了，不過小西臉色又沉下來，他指著比爾，「現在先不要談媽媽們的預言，我們先談水怪的事，別以為我不知道，這傢伙就是想藉水怪把記者叫來。最近水怪的事是新聞焦點，好多人說看到水怪，

這傢伙就是想乘機做廣告，因為他的比爾牌爆米花賣不出去。」

「哼！我的比爾牌爆米花全市聞名，生意興隆，就你專門和我作對！」比爾毫不示弱，「因為以前考試時我不給你抄我的答案……」

他們扭打在一起，記者們奮力把他們拉開。牛頓先是向不遠處的河面上看了看，又轉頭拉了拉阿博的衣角。

「別看了，沒什麼意思，哪裡有什麼水怪呀！」

「說的也是，快走吧！」莎士比亞站在阿博的肩膀上，「尼斯湖才有水怪，我們這裡哪會有水怪。」

阿博點點頭，往速食店走去。

最近這段時間，橢圓市的直線大河出海口、長河、寬闊海峽等水域都有人聲稱看到了一頭水怪，今天又有人——就是那個比爾說看到長河中有水怪。據說這頭水怪長著像小轎車那麼大的圓腦袋，類似章魚。記者們對此非常感興趣，當然市民們也很感興趣，可是卻沒有人拍到牠的照片。市政部門也在目擊水域進行過探測，但都沒有發現任何水怪的蹤跡，因此很多人覺得這件事被誇大了，那些目擊者也許都看花了眼。

三角大橋下的速食店，牛頓和莎士比亞等在外頭，阿博進去買了很多好吃的漢堡。他們來到長河邊，邊吃邊欣賞著河面的風光。長河的河道很寬，對面就是三角區，此時的河面風平浪靜，有幾條小船慢慢的從河上駛過。河岸邊，幾隻水鳥倏然飛過，很快就不見了蹤影。

「哪裡有什麼水怪？」牛頓邊吃漢堡邊說：「那個比爾的想像力真豐富，他看到的可能是一隻烏龜，不然就是想乘機做廣告。」

「對，也許他看到的是一隻河馬。」

「莎士比亞，你的想像力更豐富！」阿博用驚異的口氣說道：「長河裡怎麼會有河馬？又不是動物園，更不是非洲。」

「我是說也許。」莎士比亞辯解道：「也許是動物園裡的河馬跑掉，溜進了長河，剛好被那個笨蛋看見，才以為看到了水怪。」

「這……」阿博和牛頓對看一眼，「不太可能吧？」

「管它可不可能，反正我們這裡不會有水怪的。」莎士比亞無所謂的說：「好了，咱們回去吧，我已經吃飽了。」

就在這時，平靜的水面忽然掀起一陣波瀾，一百公尺外的水面上似乎有什麼東西浮現了一下，又縮了回去。

「等等。」牛頓一驚，緊緊的盯著水面。

「怎麼了？」阿博背對著長河，沒有看到水面的情況。

水面已經慢慢平靜下來，似乎什麼也沒有發生。

「沒什麼，也許是一條大魚。」牛頓聳聳肩，笑了笑，「也許是一隻河馬，動物園裡跑出來的，穿過幾十條街，遇到紅綠燈就停下，好不容易到了這裡……」

「真的有河馬？」莎士比亞頓時興奮不已，「還很守交通規則嘛！在哪裡呢？」

說著，莎士比亞飛到河面上，牠貼近水面，邊飛邊盯著水下看。

「莎士比亞——回來——」阿博連忙喊道：「牛頓和你開玩笑的——」

一旁的牛頓哈哈大笑，阿博叫牠不要總是戲弄莎士比亞。

莎士比亞飛回來，阿博準備帶大家回去。由於牛頓念念不忘這家漢堡的滋味，阿博又進去買了幾個，準備晚上吃。

水裡鑽出個大傢伙

阿博提著裝漢堡的袋子，和牛頓與莎士比亞往回走，經過剛才比爾和小西吵架的地方。這裡已經平靜下來，記者全都走了，遊客也不多。比爾的爆米花推車還在那裡，他懶洋洋的坐在推車後。離比爾攤位十公尺處就是小西的炸雞翅攤，小西也坐在攤位後，嘴裡嘮嘮叨叨的，不知道在說些什麼。

「比爾牌爆米花，味道一級棒。」比爾看到阿博走過來，大聲喊道：「邊吃比爾牌爆米花邊看《一群小笨蛋》，道道地地的高級享受呀！」

「我要吃爆米花。」莎士比亞站在阿博肩上，小聲的說：

邊吃邊看《一群小笨蛋》。」

阿博點點頭，向比爾走去。

「嗨！您真有眼光。」比爾看見客人來了，趕忙站起來招呼，「您的狗和鸚鵡真不錯，牠們也會喜歡我的爆米花的，世界上無論是誰都愛我的爆米花。」

「一份是五十元吧？給我兩份。」阿博笑了笑。

「好的。」比爾往袋子裡盛爆米花，「小朋友，買我的爆米花附贈一個忠告，平時要少吃炸雞翅這樣的垃圾食物，有害身體健康。」

說著，比爾還往小西那邊瞄了一眼，小西聽到這話，生氣的握緊拳頭。

「呵呵。」阿博把一百元遞給比爾，問道：「好像隔壁攤的總裁說你是個騙子，從小就愛說謊……」

「你不要聽他的！」比爾一副生氣的樣子，「他專門和我作對。」

「我沒有聽他的，因為……」阿博的兩個眼睛直直的望著比爾身後的長河水面，「你是對的。」

只見河水中有什麼東西慢慢拱起，隨後，水面上出現了一個圓圓的東西，那東西有汽車大小，水正從上面往下淌。

牛頓和莎士比亞看到了這一幕，比爾不知道發生什麼事，他先是一愣，隨後慢慢的轉過頭去。

水面上那個圓圓的東西往河岸移動過來，大家看清楚了，原來是一隻大章魚的腦袋。大章魚有著兩個像車燈一樣的大眼睛，奇怪的是，那雙眼睛一會兒發出淡淡的紅光，一會兒又變成綠色的。

「啊——」一名女遊客見到游過來的大章魚，嚇得尖叫。

「二十多年啦——二十多年啦——」比爾激動的歡呼，他先是看看阿博，隨後緊閉雙眼，緊握雙拳，「太好了，我終於證明自己不是騙子啦！」

比爾飛奔到小西的攤位前，此時小西正瞪大雙眼，

呆呆的望著河面上的大章魚。

「胖子，你看看那是什麼！」比爾一把拉住小西，「不要告訴我那是你的兄弟……」

「那、那是什麼？水、水怪？」小西有點站不穩。

「告訴你，我從來不說謊的，回去後也要告訴你媽媽。」比爾吼叫著：「都是因為你，電視臺的人都走了，否則可以現場直播。」

「好，這次你沒有說謊，但你小時候確實說過你爸爸是外星人。」

「我說過嗎？」比爾疑惑的問。

「說過，你忘了嗎？一年級時說過兩次，二年級又說了三次……」

「這種事記得這麼清楚，三乘五是多少你卻記不住。」

「現在不要談這個，我們怎麼辦？快跑吧……」小西慌慌張張的說。

「不要著急，不如先看看牠要做什麼？」比爾倒是比較沉得住氣。

另一邊，阿博也不由自主的往後退了幾步，那隻章魚越來越靠近岸邊了。岸邊的遊客中，膽子小的都尖叫著跑掉了，不過大多數人都留在原地，想看看大章魚到底想做什麼，一些遊客還用手機和相機不停的拍照。

「我們還是跑吧！」莎士比亞已經飛向空中，「這傢伙可能會吃了我們。」

「不要怕。」阿博擺擺手。

牛頓在阿博身後不遠的地方對著大章魚吠叫。大章魚遊到岸邊，牠似乎猶豫了一下，接著往前一躍，龐大的身軀就這樣跳上了岸。

「啊——」上岸的大章魚又引來一陣驚聲尖叫。比先前跑掉的人膽子稍大一些的人也跑了，但聽說這邊出現大章魚，更多人跑了過來。

大章魚上岸後揮舞著長腳，牠幾乎有兩層樓那麼高，腳又長又多，絕對不止八隻，牠那些長腳在空中擺動，嘴裡還發出「呼呼」的聲音。這傢伙似乎聞到了什麼，突然向人群這邊跑來，牠的眾多長腳在地上行走，速度飛快。

一陣呼喊聲中，人們全都向後退去，然而大章魚沒有追過來，牠在比爾的攤位前停下，幾隻長腳一起伸出，抓住推車高舉過頭，把那些爆米花全都往張開的大嘴裡倒。

「喂！」比爾著急了，「這要付錢的，不要吃呀！爆米花是垃圾食物，炸雞翅不是——」

「比爾，你這是趁人之危。」小西急了，他往前衝了兩步想把自己的推車拉走，但看到大章魚又感到害怕，只能在原地大喊：「炸雞翅是垃圾食物，你好好吃爆米花吧——」

大章魚幾口就吃完了爆米花，牠把推車往地上一扔，推車頓時被摔爛。這傢伙走了幾步，來到小西的攤位前，幾隻長腳同時伸到推車裡，抓起雞翅大吃特吃，連還沒有炸的生雞翅也被吃了。

「喂，你這傢伙！」比爾不知道哪裡來的勇氣，他衝上前幾步，對著大章魚大叫：「吃我的爆米花不付錢，還摔壞我的

推車！」

「呼——」的一聲，大章魚似乎感到不耐煩，牠的一隻長腳掃過來，往比爾身上揮去，比爾哀號一聲飛了起來，重重的摔在地上。

「嘿，你還好吧？」幾個遊客衝上前扶起比爾。

「我、我……」比爾痛苦的指著章魚，「你吃霸王餐，摔壞我的推車，我饒不了你！」

「喂，這要付錢的。」小西此時也急得跳腳，他的雞翅一轉眼就被章魚吃光了，「最多我給你打個八折……」

「呼——」的一聲，大章魚的一隻長腳又橫掃過來，小西雖然胖，但還算靈活，他往旁邊一跳，章魚揮空了。

「大家小心！不要靠牠太近——」阿博見狀急忙呼喊要人

們注意。

大章魚似乎聽到了阿博的喊叫聲，牠的大眼睛死死的盯著阿博，阿博往後退了兩步。接著，大章魚倏地伸出一根長長的腳，朝著阿博揮過來。

「啊——」阿博轉身就跑，但他哪裡跑得過章魚，一隻巨腳伸過來擋住阿博的去路，另外一隻腳隨即也伸了過來，只是沒有攻擊阿博，而是捲走阿博手裡拿的袋子，把整個袋子放進自己的嘴裡。

「哇——我的漢堡——」牛頓大叫。

「是我們的漢堡！」莎士比亞早就飛到一棵樹上，看見漢堡被搶，急得在樹上亂跳。

阿博還以為自己要被捲起，不過大章魚對他沒興趣，顯然牠只對吃的東西感興趣，好像幾天沒吃飯一樣。大章魚的頭晃了幾下，牠向三角大橋那邊看了看，隨後快速往那邊移動。

越來越多人圍過來，幾個員警也趕到了，他們完全沒有遇過這樣的情況，也不知道該如何是好。大家全都跟著大章魚，很快的來到三角大橋下的速食店，店裡的人看到來了一個大傢伙，尖叫聲一片。

大章魚來到店門口。看起來牠很想進去，因為裡面的味道強烈的吸引牠。可是牠的身體太過龐大，進不了門。這傢伙一暴怒，長腳抓住大門用力一拉，兩扇門馬上就被扯了下來，但牠還是進不去。大章魚後退兩步，長腳對著大門原本的位置猛砸下去，幾聲巨響後，磚塊噴飛，速食店裡的兩名顧客閃躲不及，頭部被磚塊砸中倒在地上。大章魚又砸了幾下，店門口被砸出個大洞。

「救命呀！」速食店裡的人拚命呼救，有幾個人打破一扇窗戶，從裡面跳了出來。

「從窗戶出來，從窗戶出來！」一個員警撲到被砸壞的窗戶邊，對著裡面大喊。裡面的顧客亂成一團，很多人鑽到桌子底下，也有幾個人從窗戶逃出來。

另外兩個員警已經掏出了槍，他們大聲呼喊，想喝止瘋狂的大章魚。大章魚轉過身來，長腳一揮，一個員警被牠打中飛了出去，還好被幾位市民接住。

「砰！砰！」兩聲槍響，一個員警開火了。子彈射中大章魚的身軀，引來圍觀人群一陣歡呼，但是大章魚並沒有倒下，牠猛然轉過身，怒視開槍的員警。那個員警又開了兩槍，然而大章魚好像根本不怕子彈的攻擊，牠伸出一隻腳憤怒的捲起那名員警用力一甩。那名員警就這樣飛出了幾十公尺遠，「撲通」一聲掉進速食店後方的長河裡。

「啊——」圍觀的人都嚇壞了，他們頓時四散而逃，阿博跑得最快。

「怪物呀！真是怪物呀！」牛頓一邊跑一邊喊。

「我會好好對付牠的。」阿博頭也不回的說。

「你又要登場了？」莎士比亞問。

「那還用說？」

不成功的圍捕

阿博跑到交叉路口，迅速攔了一輛計程車，沒幾分鐘，他就抵達家門，阿博飛快的衝進屋子裡。

「嗨！阿博，有誰在追你嗎？」麗麗太太的聲音傳來，她正在客廳看電視。

「啊！牛頓在追我。」阿博邊說邊跑上樓梯，緊接著，牛頓和莎士比亞也衝進了房間。

「真是奇怪。」麗麗太太聳聳肩，「竟被自己的狗追。」

阿博火速背上動力背包，迅速戴好頭盔，推開窗戶。

「不帶我們去嗎？」牛頓急忙問。

「不用了，搞不定再找你們。」阿博說著飛出窗外。

「叫牠賠我們漢堡——」莎士比亞喊道，然後牠對牛頓擠眉弄眼，「你知道章魚有幾種煮法嗎？」

阿博很快的飛到了長河公園上空，從空中俯瞰，只見幾輛警車已經包圍了三角大橋下的速食店，還有一些警車正鳴著警笛往現場趕來。

大章魚卻不見蹤影，牠八成已經進了那家速食店。

「業餘超人隆重登場——」阿博在空中調整了方向，對準速食店飛了下去。

「業餘超人，裡面有隻大章魚，快幫我們把牠揪出來！」乎乎警長站在一輛警車後，看向阿博大喊。

「大章魚在裡面嗎？」阿博降落在乎乎警長身邊。

「對。」警長點點頭，「你的消息還真靈通呀！」

「當然，我可是業餘超人。」阿博得意的說：「裡面的情況怎麼樣？」

「顧客都逃出來了。」乎乎警長說道：「這傢伙衝進去後直奔櫃檯，用長腳掏東西吃。小心，這傢伙不怕槍彈，我們的員警開過槍，沒有用，還被抓住扔到河裡了……」

「我知道、我知道。」阿博點點頭。

「這你都知道？」乎乎警長瞪大了眼睛，他不知道阿博剛才也在現場。

「當然，我什麼都知道。」阿博手一揮，「你們等著，我把牠揪出來！」

說著，阿博大步向速食店衝去，還沒有進門就看到大章魚站在櫃檯前，幾隻長腳正往嘴裡塞漢堡，另外的長腳伸到櫃檯後的廚房裡掏漢堡，樣子很是得意。

「嘿，你這笨蛋，聽得懂我的話嗎？」阿博抬起手臂，電磁炮直直的指著大章魚，「別惹我開炮，告訴你，電磁炮可是昨天校正的，保證打中你……」

大章魚看到阿博衝進來，還大吼大叫的，非常不開心，牠的一隻腳揮了過來，阿博馬上彎腰閃躲，那長腳從他頭上掃了過去，「啪」的一聲把一盞壁燈砸掉。

「真是個怪物！」阿博罵了一句，對著大章魚射出一枚電磁炮。

「砰！轟——」電磁炮射出後命中了大章魚的身體，但牠的身體非常有彈性，炮彈被彈開後才爆炸。就算如此，強大的衝擊波依然把大章魚震得差點摔倒。

「啊——」大章魚叫了出來，牠的身體上插著兩塊很大的彈片。牠把兩隻腳伸向自己的身體，用上頭的吸盤吸住彈片用力一拉，兩塊彈片被拉了出來。

「颼！颼！」大章魚憤怒的把兩塊彈片甩向阿博，阿博一閃，躲過一塊，另一塊砸在頭盔上，發出清脆的一聲。

看到大章魚不怕電磁炮，阿博有些吃驚，這時大章魚伸展全身的長腳，用力向阿博砸來。阿博趕緊躍起，隨後啟動推進器，從速食店飛了出來。

「啊——」大章魚被阿博激怒了，牠怪叫著追了出來。

阿博停在半空中，衝出店的大章魚看到阿博，長腳用力的甩打過去，也不知道牠是想抓住阿博還是直接攻擊。

「砰！砰！」阿博從空中射出兩枚電磁炮，一枚炮彈被大章魚的腳打飛，另外一枚射在大章魚的身體上彈開爆炸，大章魚又被衝擊波震得差點倒地。

「打啊！打啊！」乎乎警長在警車後方大聲為阿博加油。

大章魚沒有受傷，只是站穩後發現身上插著幾塊彈片，便用吸盤拉出彈片，馬上再次撲向阿博。

阿博知道不能被抓住，他繞到大章魚的身後，再度射出一枚電磁炮。炮彈正中大章魚的腦袋，但仍是先彈開再爆炸，大章魚被炮彈震倒在地，卻很快的站起身，腦袋上還插著好幾塊彈片。

在場的員警都驚呆了，不知用什麼樣的武器才能制服這傢伙。乎乎警長拿起對講機，請求重裝武器支援。

阿博停在空中，對著大章魚發愣，大章魚的腦袋上雖然插著好幾塊彈片，可就是沒有倒下去。就在這個時候，大章魚側轉身體，一隻腳猛然抓住阿博，緊接著，另外一隻腳也伸過來捲住阿博。

「啊——」阿博掙扎著。

「開火！」乎乎警長率先開槍。

「砰！砰！砰！」員警們開火了，無數子彈射進大章魚身體裡，不過這傢伙沒有任何反應，牠把阿博高高舉起，然後重重往地面砸去。

「呀——」一片尖叫聲從警方後面圍觀的人群中傳來，乎乎警長看到這一幕，也嚇傻了。

阿博知道大章魚想把自己摔死，他急中生智，按下了加速按鈕，動力背包的推進器立即噴出強大的能量，大章魚的腳才剛使勁，忽然感到有股力量頂住自己，牠繼續向下施力，卻感覺不到阿博，因為阿博從牠的長腳中掙脫飛了出去，一直升到一百多公尺高的空中。

「好吔——」人群中爆出一片歡呼聲。

大章魚惱羞成怒，奔向人群，人群四散而逃。

員警們立即開槍射擊，大章魚看到開火的員警，揮舞著長腳又撲向乎乎警長他們。

「小心！」乎乎警長指揮大家邊射擊邊撤退。

大章魚撲了過來，牠先是掀翻一輛警車，接著衝到乎乎警長他們面前，乎乎警長和幾個員警轉身就跑，大章魚伸出長腳想抓住他們。

「砰！轟——」阿博在空中射出一枚電磁炮，正好命中大章魚的身體，大章魚被爆炸的威力震倒，阿博隨即又射出一枚炮彈。

「業餘超人，謝了！」乎乎警長躲到一棵大樹後，對著天空揮手，瞬間臉色大變，「啊！不，躲開——」

阿博射向大章魚的炮彈出膛後改變了方向，往員警這邊飛來，乎乎警長和身邊的幾個員警慌忙跳到一邊，炮彈在他們原先站立的地方爆炸了。

「警長，對不起！」阿博在高空中無奈的喊道。

「這是謀殺，這是謀殺！」乎乎警長舉起手臂指向天空，「你什麼時候才能專業一些！」

正好此時幾輛警車鳴笛急駛過來，第一輛停車後跳下兩個扛著火箭筒的員警，第二輛車停下來又有兩個扛著火箭筒的員警下車。

「哈，這下有好戲看了！」乎乎警長看到重裝武器來了，激動不已。火箭筒的威力要比阿博的電磁炮大很多。

天空中，阿博又向大章魚射出一枚炮彈，炮彈射在大章魚身後。受到阿博的連續攻擊，大章魚沒有再去追趕乎乎警長，牠看到扛著火箭筒的員警，轉身就跑。

「啊，這傢伙要逃——」乎乎警長大喊。

扛著火箭筒的員警正在裝彈，還沒有等他們瞄準，大章魚已經繞過速食店，來到了長河邊。

「不許逃！」阿博也看出牠的意圖，邊喊邊飛了過去。

大章魚縱身一躍，跳入水中，濺起的水花足足有十幾公尺

高，阿博飛下來想撞擊大章魚，但撲了個空。就在這時，阿博覺得有個東西飛了過來，伸手一抓，抓住了一個很沉的東西，他仔細一看，居然是一枚火箭彈，這枚火箭彈是員警看到章魚跳水逃跑匆忙發射的。

「啊——」阿博大叫一聲，趕緊把火箭彈扔了出去。

「轟！」火箭彈在不遠處爆炸了。

「看清楚再發射啊！會打中我的。」阿博對著岸邊的那幾個員警揮舞著拳頭。

員警衝到岸邊，此時河水已經平靜下來，大章魚不知道跑到哪裡去了。

阿博在岸邊降落，他呆呆的看著河水，有些不知所措。

「真是狡猾的傢伙。」乎乎警長走到阿博身邊，「看到我們拿出重裝武器就跑了。」

「一隻章魚，居然知道火箭彈的威力？」阿博不解的說：「那麼……下一步該怎麼辦？」

「我也不知道。」乎乎警長搖搖頭，「你先回去休息吧！不管如何，你是在幫助我們，我要表達感謝，雖然我知道單憑你不太可能抓住牠。」

「哦，無論怎樣我都感謝你的坦率。」阿博聳聳肩，「但願下一次能幫到你們。」

「但願下一次你能先校準好炮彈再發射。」乎乎警長說：「你的炮彈好像特別喜歡找我。」

「真對不起。」阿博勉強笑了笑。

不成功的圍捕結束了，阿博看到幾個記者朝他衝了過來，他連忙起飛。不一會兒，阿博就回到家中。

「嗨，你今天的表現不及格。」牛頓看到阿博馬上發表意見，「我看了電視報導，那傢伙跑了。」

「你不知道那傢伙多厲害。」阿博說：「我的電磁炮本來射中牠了，可是牠的身體有彈性，炮彈彈飛後才爆炸……」

「我知道，而且牠的身上插著彈片還威風凜凜呢！」牛頓說：「就像是長了翅膀。」

「嗯，不過牠看到警方搬來火箭筒還是跑了，好像知道火箭彈威力多大一樣。」阿博說著敲敲衣櫥的門，「莎士比亞，出來吧！我知道你在裡面，我們還要出門一次。」

衣櫥的門開了，莎士比亞很不滿意的飛出來，牠知道阿博要回來，故意躲進衣櫥想嚇唬他，竟然被輕鬆識破。

「我們要去哪裡？」牛頓問。

「我身上有大章魚的味道。」阿博說：「你聞一聞，然後戴上電子鼻，我們去牠落水的地方找找，也許能追蹤到牠。」

「不太可能吧？」雖然嘴上這樣說，牛頓還是走到阿博身邊，仔細的聞了聞，「牠是游泳逃走的，水是流動的，味道一定早就消失了。」

「去試試看吧！」阿博也沒有把握，然而還是想試一試。

阿博脫下戰衣，換上平常的衣服，帶著牛頓和莎士比亞出了家門。他們很快又來到長河公園，三角大橋下已經恢復了平靜，員警和記者都撤走了，那家被大章魚襲擊的速食店暫時無法營業，一些員工在裡面忙著清掃。

阿博他們走到剛才大章魚跳水的地方，牛頓已經戴上電子鼻，牠把頭湊向水面，仔細的聞了聞，隨後抬起頭。

「沒有，什麼都沒有。」牛頓說：「大章魚是游走的，味道隨著水波消失了。」

「嗯。」阿博知道會是這樣的結果，「這下子很難找到牠了，不過我們一定會找到的！」

「對！」莎士比亞跟著說：「一定要找到牠，一大袋漢堡不能就這樣讓牠白白吃了，我們又沒有說要請客，一定要叫牠賠錢……」

「莎士比亞，你以為我找牠只是為了那幾個漢堡？」阿博皺著眉問。

「難道還為了爆米花和炸雞翅？」莎士比亞一副很吃驚的

樣子，「主人，爆米花和炸雞翅是別人的，就算是賠錢也是賠給別人……」

「好了，好了。」阿博馬上擺手，「當我沒說。」

阿博無精打采的往回走，接下來該怎麼辦？他其實也還沒有具體的想法。

晚上的時候，各家電視臺都爭相報導大章魚的新聞。橢圓電視臺的報導最為詳盡，他們說經過專家分析，阿博今天遇到的大章魚確切來說是一隻章魚型的大水怪。從外形上來看，深海海域確實有和今天這隻一樣大小的章魚，但是一般章魚都是八隻腳，這傢伙卻足足有十六隻腳，而且章魚的眼睛也不會一下發綠光一下發紅光。更重要的是，章魚是水生動物，在岸上確實能存活一段時間，但像這隻這麼活力四射的傢伙可從來沒有見過，況且這傢伙是看到警方搬來重裝武器才跑掉，似乎有一定的思維能力。今天遭到牠襲擊的速食店被吃掉兩百多個沒有加熱的漢堡和十公斤的生薯條。

各家電視臺統一了對「大章魚」的叫法，一致稱其為「大水怪」。

「『大水怪』這個名字很貼切。」牛頓趴在沙發上，一臉疑惑，「從哪裡跑來這樣一個傢伙呢？海底來的？」

「專家說了，很可能是從深海海域來的。」莎士比亞說：「這也沒什麼奇怪，也許牠是尼斯湖水怪的親戚呢！」

「外星生物也不能排除呀！」牛頓眨眨眼，看著電視螢幕上的大水怪照片。

「你們兩個的想像力還真是豐富。」阿博笑著說：「我覺得牠就是一隻大章魚，變種的大章魚，有位專家也是這麼認為的。」

「……這次大水怪襲擊，造成多人受傷，其中包括一名員警在內的三人傷勢較重。」電視裡，持續傳來新聞播報的聲音，「下面我們播放的這段影片，是大水怪登陸後，一位現場觀眾拍攝的……」

電視上隨即出現了一段畫面，只見大水怪把賣爆米花的

比爾打倒在地，後來又把長腳伸向阿博的袋子。

「哇！主人，你上電視了，不是戴著頭盔的那種。」莎士比亞嘻笑著說：「這次你是主角之一呢！」

「嗯，我在電視上的形象還不錯吧？」阿博看著電視，「你看，臨危不亂，勇敢的把漢堡給了大水怪。」

「我覺得真正的主角是那袋漢堡。」牛頓愁眉苦臉的說：「現在這個主角在大水怪的胃裡。」

「喂，牛頓，電視裡還有你的叫聲呢！」莎士比亞譏笑著說：「可惜沒有拍到你的樣子，當時你一定嚇傻了吧！躲得那麼遠。」

「你飛得才高呢！」牛頓扭著脖子說：「你這膽小鬼，還敢嘲笑我？」

大水怪再次出現

大水怪不知道去了哪裡。全市的員警和記者都在找牠，阿博也想找到牠，卻無從下手。他和牛頓、莎士比亞已經擬定了新的計畫，等候那傢伙再次出現。過了兩天，大水怪依然沒有出現，有人猜想牠可能游回大海深處了。

又過了一天，阿博在二樓做實驗，牛頓看了一會兒書，隨後被莎士比亞拉到一樓的客廳和麗麗太太聊天。今天麗麗太太的心情不錯，她拿出很多零食給牛頓和莎士比亞吃。

「……我覺得你可以藏到浴室裡，等阿博的爸爸這次遠洋航程結束回到家裡，一進門，怎樣也找不到你，最後找到浴室時，你跳出來嚇他一跳。」莎士比亞站在桌上，神氣活現的比劃著。

「不，這個主意一點也不好。」麗麗太太搖著頭說：「莎士比亞，不是所有人都像你那樣……」

「當然了。」莎士比亞眉飛色舞的說：「我很小巧，想躲到哪裡就躲到哪裡，你就不一樣了，看看你的身材，要是藏進衣櫥，一定把衣櫥擠爆了。」

「不，莎士比亞，我是說不是所有人都像你一樣喜歡玩這個無聊遊戲。」麗麗太太很認真的說：「再說，我就算擠進衣櫥也不會把衣櫥擠爆，我沒有那麼胖，我比前幾個月足足輕了好幾克……」

「那是冬天。」莎士比亞馬上打斷麗麗太太的話，「現在穿的衣服少了，你才顯得輕了一些，事實上，我發現你越來越胖了！」

「嗯？」麗麗太太的眉毛緊緊的皺在一起，生氣的瞪著莎士比亞。

「莎士比亞，這樣說一個受人尊敬的女士是不對的。」牛頓教訓起莎士比亞來。

「嗯。」麗麗太太的臉色頓時好多了，她十分滿意的看著牛頓。

「很明顯，麗麗太太是胖了很多，我也是這樣認為，但是我就不會說出來……」牛頓繼續說道。

「牛頓！」麗麗太太怒氣沖沖，她又指著莎士比亞，「還有你，全市最壞的鳥，吃我的、喝我的，還在這裡說我……」

廣　告　回　函
臺灣北區郵政管理局
登記證第14437號
免　貼　郵　票

讀書共和國
BOOK REPUBLIC　www.bookrep.com.tw

23141 新北市新店區民權路 108-2 號 9 樓
遠足文化事業股份有限公司　收

Little Bear Books
小熊出版

姓名：________________

E-mail：________________

地址：□□□□□________________

____

電話：（O）　　　　（H）________________

傳真：________　手機：________

您好！我是小熊，
我最喜歡閱讀和交朋友了。
謝謝您購買這本書，讀完了以後，
是否喜歡呢？請您務必填寫這張小卡
和我作朋友吧！讓我更了解您，
為您介紹更多好書，一起
分享閱讀的樂趣。

小熊出版・讀者回函卡

1. 購買書名：＿＿＿＿＿＿

購自：□書店　□網路　□書展　□其他＿＿＿＿＿＿

2. 姓名：＿＿＿＿＿＿　年齡：＿＿＿歲

性別：□男　□女　出生日期：＿＿年＿＿月＿＿日

子女情形：□無　□子女＿＿人（年齡＿＿＿＿歲）

3. 職業：□製造業　□資訊科技業　□金融業　□服務業　□醫療保健　□傳播出版　□軍公教／若為教師，任教學校＿＿＿＿＿＿　□學生，就讀學校＿＿＿＿＿＿　□家管　□其他＿＿＿＿＿＿

4. 您在哪裡得知本書的訊息？（可複選）□書店　□網路　□電子報　□報紙雜誌　□廣播電視　□讀書會　□書展　□圖書館　□親友、老師推薦　□同學推薦　□故事志工推薦　□其他＿＿＿＿＿＿

5. 閱讀後，您對本書的評價：（請填寫編號 1 非常滿意 2 滿意 3 普通 4 不滿意 5 非常不滿意）□書名　□封面設計　□內容　□文筆　□價格　□字體大小　□版面編排　□插圖品質。不滿意說明：＿＿＿＿＿＿

6. 您通常如何購書？□書店　□網站　□學校團購　□書訊郵購　□大賣場　□郵購或劃撥　□參加活動

7. 您希望小熊出版社出版哪一種主題的兒童、青少年叢書？（可複選）□幼兒啟蒙　□圖畫書　□童話　□兒童小說　□青少年小說　□藝術人文　□歷史故事與傳記　□中外經典名著　□自然科學與環境教育　□其他＿＿＿＿＿＿

8. 您想給本書或小熊出版社的一句話是：

＿＿＿＿＿＿＿＿＿＿＿＿＿＿＿＿＿＿＿＿

＿＿＿＿＿＿＿＿＿＿＿＿＿＿＿＿＿＿＿＿

小熊出版社部落格：http://littlebearbooks.pixnet.net/blog　facebook 小熊出版社　Little Bear Books

客戶服務專線：02-22181417　客戶服務信箱：littlebear@...

「哦，麗麗太太，不要生氣。」牛頓急著說：「我們不是故意的，我們只是想和你聊天，但是比較缺少和家庭主婦聊天的經驗，莎士比亞，快道歉。」

「對不起。」莎士比亞低下頭，不過牠馬上看看牛頓，「喂！為什麼要道歉，我做了什麼？我還沒把她嚇暈呢！」

「夠了，莎士比亞，你先閉嘴。」牛頓說完趕緊對麗麗太太陪笑臉，「我們為什麼不談些令人高興的事呢？比如說阿博爸爸下個月就要回來了……」

「好了，好了。」麗麗太太說，「我真是拿你們沒辦法，我現在要去沖杯咖啡，老是說我胖，我真的胖嗎……」

麗麗太太嘮嘮叨叨的走進廚房，牛頓對莎士比亞聳聳肩。

「看見沒？人類的缺點是不能當面指出來的。」牛頓說：

「他們和我們動物不一樣，我們最大的特點就是寬容，有什麼樣的缺點只管說好了，即使是人家說錯也一笑置之……」

「就是。」莎士比亞說：「你的缺點是長得太難看，你看看你，年紀不大，鼻子上的毛像鬍子……」

「什麼？」牛頓豎起耳朵，「我長得難看？誰說的？我哪裡難看了？你不要亂說……」

「就是難看，我覺得你難看！」

「你再亂說我就拔光你的毛！」牛頓跳起來抓莎士比亞，「麗麗太太說得沒錯，你就是全市最壞的鳥，我要讓你變成最壞的禿鳥！」

莎士比亞拍拍翅膀，牛頓抓不到牠，一邊跳一邊喊叫著。莎士比亞看準機會飛下來用爪子襲擊牛頓，牠們在客廳裡爭吵打鬧。

「喂，夠了，停止！」麗麗太太端著咖啡走進客廳，「又把客廳弄得一團糟，我要叫阿博來了。」

說著，麗麗太太拉住牛頓，同時用眼睛瞪著莎士比亞，牠們終於停止了打鬥。

就在這個時候，門口傳來一陣門鈴聲，麗麗太太鬆開牛頓去開門。牛頓和莎士比亞也跟著走到門口。

開了門，一個郵差把一疊信交給麗麗太太。麗麗太太一封封翻看那些信，她抽出其中一封，走到樓梯口。

「阿博，你的信——」

「來了！」阿博邊說邊從樓梯上跑下來，他順手摸摸牛頓的頭，「牛頓，你們聊得怎麼樣？」

麗麗太太把那封信交給阿博，阿博看了看信封，兩眼立刻露出喜悅的光芒。

「哈哈哈，森林出版社給我回覆了！寄了那麼多稿子給他們，終於給我回覆了！」

「哦，他們同意讓你去那裡打工了嗎？」莎士比亞搖頭晃腦的問。

「什麼打工！」阿博口氣不屑的說，他打開信封，拿出一封信，「我是想在那裡出版個人詩集……」

「阿博，聽我說，很多事情不是一帆風順的。」牛頓還沒等阿博念信，就先開始安慰。

「『尊敬的阿博先生，您寄來的詩歌稿件我們全部都看過了』。」阿博說著對牛頓眨眨眼睛，「聽到沒有，他們已經看過了！『的確，因為本公司的人力有限，您以前寄來的稿件我們沒有時間看。但您顯然太過分了，這次您寄來的稿件令審閱者，也就是敝公司的一位編輯當場暈倒，把上個月吃的飯都吐出來了，您這種惡作劇的行為太卑鄙了……』惡作劇？我？我沒有惡作劇……」

說著，阿博傻傻的看著大家，一臉無辜。

「也許他們認為這是個惡作劇，其實不是，我們都知道這不是……」麗麗太太馬上說。

「真的不是惡作劇。」阿博像是急於對大家解釋：「我一直寄我的詩歌作品給他們，但每次都沒有回音，我就一直寄，我並沒有惡作劇，每次寄去的稿件都是我認真創作的。」

「沒錯，我們絕對相信。」牛頓說：「不過……這也許是你的想法，你那些詩……怎麼說呢？從沒看過的人猛然一看，反反覆覆就那麼兩句，而且又長又枯燥……」

「我明白了。」阿博拿著信的手垂了下去，他目光呆滯，「牛頓，我都明白了。」

「你也別灰心。」麗麗太太看著阿博難受的樣子，實在於心不忍，「森林出版社不行，你可以換一家樹林出版社，樹林出版社不行，你可以換一家樹枝出版社……」

「樹枝出版社不行，你就換一家樹皮出版社……」莎士比亞跟著說。

「對呀！」阿博眉毛一揚，「你們說得太好了，我不該灰心喪志的，出版社不止這一家，我還可以多嘗試幾家，我這就去創作一首深情的新詩……」

「哦！」麗麗太太無奈的看著阿博，「你寄給森林出版社的稿件就不錯，不用再寫新的了，是他們沒眼光。」

「可是近百年來他們一直占有詩歌作品出版百分之三十的品項，很多受歡迎的詩集都是他們推出的。」阿博說。

「這……這是一個巧合。」牛頓裝腔作勢的說。「而且近百年來一直這樣巧合，其實他們很沒眼光，他們不理解你，就像我們不理解你一樣，你也許會找到一家理解你的出版社，我是說也許……」

「嗯，有道理。」阿博說著向樓上走去，「我也是這樣認為，那麼我再去看看稿子，我對自己很有信心……」

「你們兩個不應該總是鼓勵他。」看到阿博上了樓，牛頓不滿的瞪著麗麗太太和莎士比亞，「他寫的詩太差了，你們又不是不知道。」

「可是他實在太可憐了，而且還很執著。」麗麗太太說，忽然她想到了什麼，又說：「牛頓，你不也鼓勵他了嗎？為什麼只說我們？」

「我……我只是在安慰他，我也覺得他很可憐。」

阿博已經上樓，他把那封信放到桌上，無精打采的拉開椅子，還沒坐上去，一直開啟的收音機就傳來忙亂的呼叫聲。那是警用頻道的呼叫聲，收音機被阿博改裝過，普通收音機是收不到警用頻道的。為了防備大水怪再次出現，阿博一直開著收音機。

「……貝貝街！牠在貝貝街，靠近威洛大街，快出動，牠就在那裡……」

聽到這麼忙亂的呼叫聲，阿博馬上起身，走到收音機旁仔細的聽著對話。

「……各單位注意，大水怪在圓圈島上岸了，目前方位貝貝街和威洛大街路口，請火速增援……」

「哈哈，終於來了！」阿博握緊拳頭，快步走向實驗室的衣櫥，「牛頓、莎士比亞，趕快上來。」

牛頓和莎士比亞上了樓，牠們看到阿博已經穿好了緊身戰衣，動力背包就在地上。

「大水怪出現了，在圓圈島。」阿博指指背包，「鑽進去吧！我知道抓牠沒那麼容易，我們見機行事！」

優秀員工

牛頓和莎士比亞鑽進背包側袋，阿博背上背包，推開窗戶飛了出去。

沒一會兒，阿博就飛到方塊區南邊的圓圈島上空，到達那裡後他急速下降，往貝貝街衝去。距離貝貝街和威洛大街路口還有三百公尺，他清楚的看到地面上的情勢。大水怪就在路口那裡，路口的人群四散逃跑，但也有一些人興奮的圍觀。在路口轉角處，大水怪已經毀壞一家速食店的門，正揮舞長腳砸向大門兩邊的牆，速食店的窗戶被打破，裡面不時有人逃出來，大水怪的身後，幾個員警躲在警車後向牠射擊。速食店三十公尺外的地方，警方已經架設了警戒線，幾個先趕到的記者在線外對著速食店拍照和攝影。

「業餘超人再次登場——」阿博快速降落在地面，落地後牛頓和莎士比亞從背包裡鑽了出來。

牛頓和莎士比亞鑽出背包後，利用電子成像系統將外形變成大狼狗和老鷹，看上去相當威武和凶猛。

阿博走到警車後，他拉住一位正在開槍的員警。大水怪根本就不理會身後的射擊，牠好像急著衝進速食店。

「不要刺激牠，我來對付。」

「你？」那個員警看了看阿博，「業餘超人先生，我們的重裝武器馬上就運到，等會兒你可以幫忙搬一下。」

「哼！」阿博不屑的看看那個員警，隨後走到一邊，「牛頓、莎士比亞，你們過來。」

阿博拿出一個東西讓牛頓叼住，接著對牠們說了幾句話，牛頓和莎士比亞點點頭，馬上往速食店被砸壞的玻璃跑去，這時有兩個穿制服的員工正從窗戶裡跳出來，牛頓和莎士比亞則跳了進去。

「你這個可惡的大怪物！」一位剛剛跳出窗戶、五十多歲的男子揮著拳頭衝到大水怪身邊，「你給我滾，還沒有誰敢在我老麥的店裡白吃白喝！」

「老闆，我們走吧！小心牠發火。」另外一個年輕員工拉著老麥。

「不要拉我！」老麥繼續揮著拳頭，「你給我滾，我要把你做成章魚丸子——」

BURGER

大水怪突然轉過身來，一隻長腳也舉了起來。

「啊——」老麥驚叫一聲，轉身就跑。

「啪」的一聲，長腳砸在地上，老麥和員工快速跑開。大水怪一看到他們跑開，便繼續砸牆。牠又砸了幾下，「轟」的一聲，大門兩側的牆塌了下來，牠比劃了一下，像在確認身體正好能進去，於是得意的鑽了進去。

速食店裡的人全都跑光了，大水怪直奔櫃檯，雖然牠進不了廚房，但是腳夠長，能伸進去掏東西吃，於是興奮的伸出幾隻腳。

「喂——」莎士比亞大叫一聲，從櫃檯後跳出來，牛頓也同時探出頭，伸手向大水怪打招呼。牛頓的頭上戴著速食店員工的帽子，那是慌忙逃走的員工丟下的。

大水怪嚇了一跳，急忙往後退了兩步，看到是一隻老鷹和大狼狗，感到非常生氣，便舉起長腳。

「等等、等等……」牛頓舉起一個漢堡，「這個給你吃，給你吃。」

說著牛頓做出了一個「吃」的動作，隨後把漢堡扔給大水怪。大水怪疑惑的看著牛頓，同時伸出腳接住漢堡，放進嘴裡一口吞掉。

「很好，很好。」牛頓說著遞上一盒薯條，「請用，這是薯條，小心別燙到，是剛炸好的。」

大水怪看到遞過來的薯條，大眼睛眨了眨，牠接過薯條，連盒子一口吞下。

「嘿嘿嘿……」牛頓笑著說，「你看，很美味吧！上次你

吃的是生食，多難吃啊！我們是這裡的員工，專門為你服務，你可是我們的大客戶，我叫牛頓，牠叫莎士比亞。」

說著，牛頓指了指莎士比亞。

「嗨，你好。」莎士比亞飛在空中，「歡迎光臨本店，特別向你推薦本月新品五層海鮮漢堡，如果選擇套餐將節省五塊錢。哦，我忘了，你不需要付錢……」

「囉嗦什麼呢？」牛頓在旁催促，「馬上給大水怪先生備餐。」

大水怪似乎聽懂了牠們的話，不但沒有發動攻擊，也沒有動手去搶那些速食原料，牠也察覺出來，熱的漢堡和薯條比冷的好吃多了。

「大水怪先生，你再吃一個。」牛頓說著又遞過去一個漢堡，「還是熱的好吃，你慢慢吃，我們做給你，莎士比亞，動作快點，你難道不想成為本月的優秀員工？」

「知道了。」莎士比亞打開烤箱，拿出幾個漢堡，牠和牛頓經常在家裡做漢堡吃，這都是阿博教牠們的。

大水怪似乎很滿意這樣的服務，牠安靜的站在櫃檯前，吃著牛頓遞上來的漢堡，牠很喜歡熱的漢堡，也很滿意兩位「員工」的服務。

牛頓和莎士比亞在廚房裡忙進忙出，牠們飛快的操作著，一個個的熱漢堡很快出爐，一袋袋的薯條也很快炸好，大水怪吃得十分滿足。

速食店外，阿博已經攔住幾名開槍的員警。員警們個個驚訝的看著速食店裡的情景，阿博站在門口，朝裡面張望，一切都按照計畫進行。

「你們看看。」速食店老闆老麥站在那扇被打爛的窗戶前面，他一把揪住一個員工，「那隻大狼狗和老鷹的動作比你們還要俐落。老是要我加薪，你們的手腳能比得上牠們嗎？」

「老闆，這麼說本月優秀員工是牠們？」一個員工說。

「當然，我決定雇用牠們。」老麥說道：「我想牠們要的薪水不會超過你們這些懶惰的傢伙。」

「可是牠們是業餘超人的寵物呀！」那個員工說。

「以前是，今後要變成專業老闆的員工了。」老麥得意的說，他好像想起了什麼，衝向店裡大喊，「喂！記住，要跟牠收錢——」

「就只知道要錢。」說話的是乎乎警長，他剛剛趕到，「

裡面的情況怎麼樣？」

「一切都在我的掌控之中，請放心。」阿博說。

「阿博——」一個聲音從阿博和乎乎警長的身後傳來。

「嗯？」阿博下意識的回應一聲，轉過頭去。

只見阿達拿著相機跑過來，幫阿博照了一張相，他的身後有個員警追上來，一把抓住阿達。

「哪裡跑來的小孩？」乎乎警長有些生氣的看著那個員警，又看

看掙扎的阿達，「這裡很危險，把他帶走。」

「他偷偷鑽進來的。」那個員警一臉無辜的說，他索性把阿達夾在腋下，「聽見了嗎？這裡很危險……」

員警把阿達帶到了警戒線外，那裡有很多記者對著這邊照相和攝影，阿達剛才趁維持秩序的員警不注意，偷跑進來。

速食店裡，大水怪很愜意，牠搖晃著腦袋，大口的吃著漢堡和薯條，身體還不由自主的搖擺，就像是在跳舞。

「大水怪先生，你再來點飲料，千萬不要噎著。」牛頓把一大杯飲料遞給大水怪，「莎士比亞，再拿一個漢堡來。」

大水怪接過飲料，一飲而盡，隨後把飲料杯一扔。

莎士比亞遞給牛頓一個漢堡，牛頓對牠點點頭，莎士比亞微微一笑。牛頓從櫃檯下拿出一個乒乓球大小的圓形物體，這東西是牠們進來前阿博給的一枚電磁炮，牛頓把炮彈塞進漢堡裡，同時悄悄按下炮彈上的手動引爆裝置，五秒後，炮彈就會爆炸。

「來吧！請再吃一個。」牛頓賊笑著把夾著炮彈的漢堡遞給大水怪。

大水怪興高采烈的接過漢堡，剛要咬下去，發現牛頓和莎士比亞都不見了，牠們此時都趴在櫃檯下，等著炮彈爆炸。

大水怪遲疑了一下，仍是把漢堡送進嘴裡。

就在牠剛要咬到漢堡的時候，「轟」的一聲巨響，電磁炮爆炸了，大水怪連叫都來不及叫，就被炸翻在地，整個速食店裡也是一片煙霧。

「牛頓——莎士比亞——」阿博喊叫著衝了進去。

「我們在這——」牛頓從櫃檯後探出頭來，「哈哈哈，炸到了！」

「哈哈哈！」莎士比亞也大笑著飛上天，「牛頓，你說章魚有幾種煮法？」

倒在地上的大水怪抽搐著，煙霧散去後，只見地上有兩條被炸斷的章魚腳，一條長一條短，阿博站在大水怪的身邊，他倒是不知道該如何處置這傢伙了。

「炸死了嗎？炸死了嗎？」乎乎警長也跟著衝進來，「業餘超人先生，真是太棒了！」

就在這時，大水怪突然一抖，阿博一愣，隨後往後退了一步，他還不明白發生什麼事，大水怪已經站了起來。

「吼——」大水怪恐怖的叫聲傳出了速食店，幾公里外都

能聽到。

「快跑！牠還活著……」乎乎警長原本想湊近察看，看到大水怪又站起來，嚇得轉身就跑。

「呼——啪！」大水怪的長腳拍向櫃檯，櫃檯剎那被砸得粉碎，牛頓和莎士比亞還閉著眼睛躲在後面，牠們以為櫃檯還在，躲在那裡一動也不動。

「牛頓、莎士比亞！快跑——」阿博大喊。

「啊？」牛頓睜開眼睛，看見自己面前空無一物。

大水怪又舉起了長腳，牛頓一把抓住還閉著眼睛的莎士比亞，轉身鑽進廚房。

下一秒，大水怪的腳就砸了下來。

「喝！」阿博衝上去一把抱住大水怪，他不能眼睜睜看著這傢伙攻擊躲進廚房的牛頓和莎士比亞。大水怪身上很滑，阿博用力箝住牠，「牛頓、莎士比亞，快躲起來！」

「躲好了，你小心——」廚房裡傳來牛頓的叫聲。

大水怪發現自己被抱住，身體抖了抖，隨後兩隻腳抓住阿博，把阿博甩了出去。阿博飛出去後撞到牆壁，慘叫一聲摔倒在地。

「業餘超人！臥倒——啊，對了，你不用臥倒。」外面傳來乎乎警長的呼喊聲，他的身邊，一個員警扛著火箭筒，對準速食店裡的大水怪，「快叫你的大狼狗和老鷹找掩護！」

阿博掙扎著爬起，聽到乎乎警長大喊，連忙告訴他牛頓和莎士比亞已經躲好了，他的話音剛落，一枚火箭彈呼嘯著飛了進來，大水怪眼看火箭彈朝著自己飛來，躲避已經來不及了，火箭彈射中牠的身體，彈開後隨即爆炸，隨著一聲巨響，大水怪被衝擊力推著撞向牆壁，又有一隻腳被彈片切斷，身上也插著幾塊彈片。

店面的另一邊，阿博因爆炸的衝擊再次撞上牆壁，他倒在地上後又掙扎著爬起來。

「繼續發射！」乎乎警長發號施令。

另外一名員警上前一步，瞄準大水怪發射，大水怪看見那個扛著火箭筒的員警，迅速一閃，火箭彈擊中牆壁後爆炸。這一次，大水怪沒被射中，阿博則第三次被撞飛到牆壁上，他倒下後不敢再起身。

「吼——」大水怪哀號著衝出速食店，第三個員警扛著火箭筒剛往前一步，看到大水怪衝出來，慌忙後退。

外面的員警們全都慌了，紛紛後退，乎乎警長舉著槍邊射擊邊後退，大水怪並沒有衝上去報復，而是向東跑去。員警知道牠要逃跑，於是緊追不捨，密集的子彈也射向大水怪。一枚火箭彈夾雜在槍彈中射出，大水怪感覺到背後有火箭彈來襲，一低頭，躲過了這一擊。

速食店東邊一百公尺之外就是直線大河的出海口，大水怪那長長的腳飛奔起來速度極快，牠很快的衝到河邊，在一片彈雨中跳進河裡。隨後趕

到的員警對著還泛著浪花的河水一陣掃射，過了兩分鐘，槍聲才漸漸平息。

速食店裡，阿博一直趴在地上，大水怪跑出去後，他才敢慢慢的站起來。

「牛頓——莎士比亞——」阿博呼喚著走向廚房，「你們在哪裡？」

廚房被爆炸威力弄得亂七八糟，阿博沒有看到牛頓和莎士比亞，十分著急。

「牛頓——莎士比亞——」

「噹」的一聲，一臺大烤箱的門被打開了，莎士比亞的身影從裡面出現。

「哦，莎士比亞！」阿博興奮的跑過去。

「嗨！你好，這次可不是我故意嚇唬你的。」莎士比亞揮揮翅膀說。

「我知道，牛頓呢？」阿博問。

「牛頓，出來吧！」莎士比亞轉身對烤箱裡喊道。

「沒事了嗎？」牛頓的聲音從裡面傳來，「我們的顧客走了嗎？」

「走了。」阿博說：「員警扛著火箭筒去追了。」

「哦，真是太好了。」莎士比亞跳出烤箱，「牛頓把我塞進來的，當時我還以為牠要把我烤了呢！」

「沒事就好。」阿博看到牛頓也跳了出來，總算鬆了一口氣，「真是危險，牛頓，那傢伙沒有把炮彈吃下去嗎？」

「沒有，應該是在嘴邊爆炸了。」牛頓說：「要是吃下去的話，牠一定完蛋了。」

「喂——我的優秀員工在哪裡？本月和未來每個月的優秀員工——」老麥帶著幾個員工衝了進來，他看到破爛的櫃檯，激動的揮著拳頭，「該死的大章魚，我一定要推出新品——章魚漢堡……哦，忘記介紹了，我是這家店的老闆老麥。」

「嗯，老麥先生，你的主意很好。」莎士比亞飛到老麥面前，「原料都是現成的。」

莎士比亞指指地板，只見地板上有三段大水怪的腳，最長的一段足足有三公尺。

「確實有很多原料。」老麥瞪大眼睛，盯著那些大水怪的長腳，「你們還讓顧客留下東西才走，真是棒！你們留在我這裡工作吧！在業餘超人那裡一定沒什麼意思，我這裡可是速食

店，應有盡有，以後你們想吃什麼就吃什麼。」

「真的嗎？」莎士比亞頓時很是興奮。

「莎士比亞！」牛頓衝向莎士比亞大聲喝道，隨後牠突然一笑，看著老麥說：「我們真的可以留下來嗎？」

「當然，有了你們兩個會說話的傢伙，動作還很俐落，顧客一定大排長龍，那樣我就發財了，今天這點損失很快就能彌補回來……」

「喂！莎士比亞、牛頓，我對你們不好嗎？」阿博非常傷心的說。

「啊……」牛頓想了想，「想吃多少漢堡就吃多少，這是我的夢想……」

「也是我的夢想。」莎士比亞跟著說。

「哦，真是傷心。」阿博低下了頭。

「那麼，老闆，我們商量一下。」牛頓看著老麥，「有我和我這位呆頭呆腦的笨鳥朋友當員工，你保證發財，會開幾千間連鎖店的，所以要我們加盟就要給我們股份，給我三成，小笨鳥三成，你獨占四成，怎麼樣？你比我們多一成，不錯吧！我最大的特點就是總為別人著想。」

「這個……」老麥眨眨眼睛。

「多妙的主意！還猶豫什麼？」莎士比亞眉飛色舞的說，「我和牛頓加起來持有六成股份，你只有四成，拿到股份的第一天我們就開董事會，宣布你滾蛋，你的店就是我們的了，我們會把它當作生日禮物送給我們的主人。」

「哦，莎士比亞，你真是小笨鳥。」牛頓生氣的說，「你為什麼把我們的真實目的告訴他？他本來會給我們股份的。」

「喂，真當我是傻瓜嗎？」老麥氣呼呼的說：「我是不會同意的……」

「聽到你們這些話我心裡舒服多了。」阿博很高興，「既然他不同意，走吧！我們該回去了。」

他們剛剛走出門口，乎乎警長帶著幾個員警走了過來。

「警長，抓到牠了嗎？」阿博問。

「沒有，牠跑了。」警長沉重的說：「跳到河裡跑的。」

「哼！我就知道會是這樣的結果。」牛頓不屑的說。

「看來你很不滿意。」乎乎警長說：「牠跑不了多遠的，這次牠受了重傷，我們會全力追捕牠。」

「那就祝你們好運。」牛頓說。

阿博他們回到家中，這次圍捕失敗了，不過就像乎乎警長說的那樣，大水怪受到重傷，電視報導分析說牠被斬斷了兩條半的長腳，這可夠牠難受的。

接下來的兩天，大水怪沒有再出現，警方這幾天一直用聲納對橢圓市及周邊地區的重點水域進行搜索，但一無所獲。阿博覺得這傢伙一定躲在水底深處療傷，總之，牠還會出來的。

穿夾克的人

大水怪最後一次出現後的第四天，橢圓市方塊區西北邊的河岸邊，一群釣客悠閒的占據了一座廢棄的棧橋，長長的釣竿伸向直線大河，這個下午他們的收穫不錯，除了一個叫阿湯的傢伙。

「嘿，阿湯，快回家去吧！魚都不想見到你，你要是在這裡，會影響我們的。」一個釣客嘲弄道。

「阿湯，上次你釣到魚是十年前吧？哈哈哈……」另一個釣客也在一邊叫囂，他的話引來一片哄笑。

「滾，我第一次釣魚的時候你還包著尿布呢！」阿湯對那人揮動拳頭，他也不知道怎麼回事，最近釣魚一直不順利，那些魚盡是咬住他左右兩邊人的魚鉤，就是不咬他的，「你們看著，我一定釣到一條大魚，讓你們知道我阿湯的厲害！」

阿湯才剛說完，他的魚線突然動了。

緊接著，魚線好像被什麼東西拉住，釣竿也彎了下去。阿湯馬上開始收線，但是他根本就拉不住魚線，魚線被水裡的東西往水裡拽著，越拉越長。

「喂！我釣到一條大魚，你們快來幫幫我——」阿湯開心大喊。

他身邊的幾個釣客立即跳起來，衝上去一起幫忙。

「這麼大的魚，我看鐵定有五十公斤！」剛才嘲笑阿湯的人喊道。

「我看是釣到一條鯨魚。」另一個釣客用力拉著釣竿，他看向一個拿網的同伴，「你這個網肯定不夠……」

「哈哈哈！」阿湯一陣狂笑，「今天下午你們釣的魚加起來也不如我……」

「颼」的一聲，三個人都沒有抓住那根釣竿，釣竿被拉進水裡，阿湯也差點掉進去，還好被一個同伴拉住了。

「嘩」的一聲，水下冒出一個大傢伙，拉住魚線的一頭，一甩就把釣竿甩到身後幾十公尺外的水中。

「啊！大水怪？」一個釣客瞪大眼睛。

「牠、牠是我釣上來的……」阿湯激動的說。

大水怪向岸邊遊來，幾隻長腳劈頭蓋臉的揮了過來。阿湯慘叫一聲，轉身就跑，他的同伴們見狀也拚命奔逃。

「啪！」，大水怪的腳砸下來，當場砸斷了棧橋，還沒有跑出棧橋的釣客落進水中。

大水怪上了岸，衝著釣客們飛奔過去，阿湯和另外一個同伴跳上一輛汽車，阿湯拚命發動汽車，可是車子怎麼樣都發動不了。

「快點，你快點呀！」阿湯的同伴瘋狂的喊叫著。

「發動不了呀！」阿湯絕望的叫著：「電影裡都是這樣，關鍵時刻汽車就是無法發動——」

大水怪巨大的長腳伸向汽車，很快的將汽車高舉起來，遠遠的扔了出去，汽車「轟」的一聲摔在地上，阿湯和同伴全都暈了過去。

大水怪似乎非常生氣，牠衝到岸上，緊鄰岸邊的是一條車道，車道上很多汽車來來往往，有人看見大水怪，嚇到尖叫。大水怪衝到車道邊，長腳伸向一輛開過來的汽車，那輛車的駕駛看到大水怪，猛轉方向盤試著避開，「轟」的一聲撞到了另外一輛車。

車道上亂成一團，大水怪還不罷休，牠看到一輛停下來的汽車，衝上去狠砸幾下，隨後穿越車道，朝住宅區衝去。

這時遠方的警笛聲響起，已經有人報警了。大水怪往警笛傳來的方向看了看，只見一輛警車裡伸出一支火箭筒，牠懊惱的揮揮長腳，向岸邊退去。

警笛聲越來越響，幾輛警車開了過來，扛著火箭筒的員警跳下警車，他們看到大水怪的身影，正當他們裝彈的時候，大水怪瞬間跳進水裡，再次消失無蹤。

十分鐘後，乎乎警長趕到了現場，他抵達時，阿博也降落下來，他是聽到警用頻道的通話後趕來的。

現場的員警向乎乎警長彙報情況，阿博則帶著牛頓和莎士比亞來到岸邊，大水怪早就逃之夭夭了。

「業餘超人，這次你來晚了。」乎乎警長走了過來，「不過這次牠跑得確實快。我們在全市的河岸和海邊設立多個觀察點，接到通報後，距離最近的警察局就出動警力，可惜還是沒有抓到牠。」

「損失很大嗎？」阿博關切的問，他看到四周那些解體的汽車，也看到被砸毀的棧橋。

「四人重傷。」乎乎警長語氣很壓抑，「這次牠完全是來報復的，這附近根本沒有速食店。」

「啊，我知道了，因為上次我們炸斷了牠幾隻腳。」莎士比亞說：「所以牠來報復人類。」

「嗯，似乎是這樣。」乎乎警長點點頭。

「這傢伙真是一個大麻煩。」牛頓搖晃著腦袋，「咦？警長先生，你們為什麼不派潛艇攻擊牠呢？」

「潛艇？」乎乎警長張大了嘴，「潛艇在河道裡行駛很危險，再說要是因為發現大水怪而發射魚雷卻沒打中牠，有可能會傷到民船，全市的水面到處都是船，這你應該知道。」

「那就是沒辦法了？」牛頓嘆了口氣，「看著吧！這傢伙會不停上岸襲擊，有你們忙的了。」

「目前只能在岸邊增加警力了。」乎乎警長似乎也沒有什麼更好的辦法。

阿博他們回到家，從現在開始，阿博隨時準備出擊，因為大水怪任何時候都有可能出現，阿博收音機上的警用頻道一直開著，電視也開著，有時候新聞報導會比警方的動作還快。

晚飯後，阿博靠在沙發上看電視，大水怪報復襲擊的消息當然是各大電視臺報導的重點。

「牛頓，幫我把可樂拿來。」阿博目不轉睛的看著電視。

「喂！你真懶。」牛頓正趴在地毯上閉目養神，聽到阿博的話抱怨起來，「沒看我正忙著嗎？我正忙著無所事事呢！」

「拜託啦！我正在看新聞，也許能找到什麼線索。」阿博繼續看著電視。

「快去呀！你不是想成為老麥那家店的優秀員工嗎？優秀員工動作要迅速……」

「哈，你還記著那件事。」牛頓笑著朝一樓的廚房走去。

來到廚房，牛頓走向冰箱，突然，冰箱旁的水槽裡跳出一個圓滾滾的東西，那東西好像還長著一些觸角，牛頓嚇得往後一退，差點叫出來。

「嗨！牛頓，我要吃了你。」莎士比亞的聲音傳來，「我是大水怪的表弟小水怪，我從下水道裡爬出來的。」

「莎士比亞，搞什麼？」牛頓很生氣，「嚇我一跳。」

莎士比亞笑著把蓋在頭上的一塊布掀開，它還把那塊布的四角剪成條狀，這樣牠頂著那塊布就像一隻章魚。

「本來我想嚇唬麗麗太太，沒想到你來了。」莎士比亞得意的說。

「麗麗太太晚飯前被你嚇暈了，八點以前不可能醒的。」

「哦，這我倒忘記了。」

「莎士比亞，你就不能做點正經事嗎？」牛頓教訓起莎士比亞，「比如說去睡覺，一睡就是十年，省得煩我。」

「十年，不，要是那樣《一群小笨蛋》就播完了，我喜歡看《一群小笨蛋》。」

「牛頓、莎士比亞，快來！」

樓上傳來阿博聲嘶力竭的喊聲，牛頓和莎士比亞疑惑的對視一下。

「沒喝到可樂就這個樣子？」牛頓聳聳肩，隨後對著樓上喊道：「馬上來——」

牛頓飛快的從冰箱裡拿了一瓶可樂，隨後上樓，阿博已經不看電視了，他在牆角的紙箱裡找著什麼。

「阿博，你在做什麼？」莎士比亞飛過去問。

「找舊報紙。」阿博從紙箱裡抱出一疊舊報紙，這個紙箱是放舊報紙的，定期回收一次。

「找舊報紙做什麼？」牛頓跟著問。

「聽著，我有大發現。」阿博激動的比手畫腳，「剛才你們下樓的時候，電視上播出今天大水怪在方塊區報復人類的畫面，那畫面是街邊的監視器拍到的，我看到大水怪身後幾十公尺的地方，有一個黃頭髮，穿

著咖啡色夾克的傢伙，手裡還拿著一個什麼東西，好像是一個盒子。」

「那又怎麼樣？」莎士比亞說：「一個穿著夾克的傢伙，橢圓市到處都是這樣的傢伙。」

「不是。」阿博搖搖頭，「前幾天《橢圓時報》登過一組大水怪在圓圈島襲擊速食店的照片，啊，就是老麥那家店，有張照片也有那個傢伙，也穿著夾克，手裡拿著盒子。」

「原來是這樣呀！」莎士比亞拍拍翅膀，「有兩個拿著盒子的傢伙，我們這裡最近流行穿夾克還拿著盒子嗎？」

「不不不……」阿博搖著頭，「一個，是一個，那是同一個人，絕對是同一個人。」

「兩個襲擊地點都出現了同一個人。」牛頓微微點著頭，

「你是說他和大水怪有關？」

「一定有關係。」阿博開始仔細的翻找報紙，「圓圈島和方塊區襲擊事件他都在，我想長河公園那次他也一定在……」

阿博找到前幾天的《橢圓時報》，開始一張張翻閱，牛頓也走過去幫他一起找。下一秒，阿博拿起一張報紙，他興奮的盯著上面的照片。

「沒錯，就是他！」

那是一張大水怪衝出老麥速食店的照片，在開槍射擊的員警身旁，確實有一個穿著咖啡色夾克的男子，手裡還拿著一個藍色的盒子。那個男子大概三十多歲，他站在警戒線外，當時除了幾個膽大的記者，圍觀的人群看見大水怪衝出來都紛紛跑開了。

「我當時看到這張照片時還在想，這傢伙膽子真大。」阿博指著照片說：「他的樣子不像記者，卻靠得那麼近。」

「電視上的是他嗎？」牛頓謹慎的問。

「絕對是他，電視新聞會一直重播，我們過一會兒看看就知道了。」阿博說：「我再找找長河公園的照片，要是也有拍到他，那就說明他一定和大水怪有關。」

說著，阿博開始翻找更早的照片，他找到了幾份報紙，都有大水怪第一次出現時的報導，阿博他們當時正好也在，不過他們誰都不記得現場有這麼個人。

阿博他們在新找到的報紙上沒有發現那個男子的照片。然而一小時後電視新聞重播，他們清楚的在電視上看見那個穿著夾克、拿著盒子的人。那個盒子是藍色的，他出現在鏡頭裡好幾次，別人都驚慌失措的亂跑，他卻像是一路跟著大水怪跑。

「看來這一定和大水怪有關係。」阿博信心十足的說：「牛頓，你認為呢？」

「嗯，我的看法和你一樣。」牛頓說。

「或許大水怪是他養的寵物。」莎士比亞眨眨眼，「是這樣吧？」

「也可以這麼說吧？」

牛頓說：「莎士比亞，這回你終於明白了。」

「如果能找到那人在大水怪第一次出現時的現場照片或影片，就可以完全確定了。」阿博說：「大水怪能鑽到水裡去，可是這個人一定生活在陸地上，所以只要找到這傢伙，大水怪就跑不掉了。」

「電視臺不會播放以前的新聞。」牛頓說：「要是能重播大水怪第一次出現的新聞，也許就能看到那人在現場。」

「我有辦法。」阿博說著對牛頓笑了笑。

「啊，我明白了。」牛頓似乎想起了什麼。

「你們說什麼啊？有什麼辦法？」莎士比亞著急的問：「難道要登尋人啟事嗎？很貴的……」

「我們走吧！」阿博說完往門口走去。

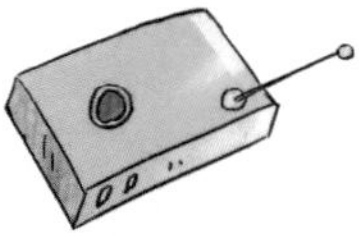

操控者

方塊區的橢圓市警察總局辦公大樓中，乎乎警長在辦公室裡翻查著什麼，忽然他覺得一陣風聲襲來，隨後看到阿博站在自己的辦公桌旁。

「嗨！以後進來記得敲門。」乎乎警長說著看了看敞開的窗戶，「哦，是敲窗。」

「這麼晚，打攪了。」阿博說著放下動力背包，莎士比亞和牛頓從背包側袋跳了出來。

「嗨！警長先生，在打電動？」莎士比亞說著飛到了乎乎警長的辦公桌上。

「我在忙工作。」乎乎警長瞪了莎士比亞一眼。

「忙了半天也抓不到大水怪。」莎士比亞比劃著翅膀，「快幫我的主人登一則尋人啟事……」

「莎士比亞。」阿博打斷莎士比亞的話，「不要搗亂，我和警長有重要的事要談。」

「什麼重要的事？我現在可有更重要的事。」乎乎警長看了看阿博。

「非常重要。」阿博說著把那張刊有穿夾克男子照片的報紙放到乎乎警長的桌上，「我看到電視新聞裡有個人，他拿著藍色的盒子，出現在今天大水怪上岸的現場，上次大水怪襲擊速食店也有他……」

「等一下。」乎乎警長目不轉睛的盯著阿博，「你來找我是為了這件事？」

「是的，警長。」阿博點點頭，「我不是很確定他第一次是否出現在大水怪上岸的現場，但我知道你們一定有大水怪第一次出現的影像資料，如果也有他，那麼他無疑……」

「確實有他。」乎乎警長用力點點頭，「我們找到了那段資料，那傢伙就在現場，手裡還拿著一個藍色的盒子。」

「太好了，那就去把他揪出來……」阿博難掩一臉興奮，但又驚訝的瞪著乎乎警長，「你們？你們也知道那傢伙和大水怪有關？」

「當然，你這個業餘的都知道了，我們這些專業的就不用說了。」乎乎警長得意的說：「我們合作的偵探下午看電視時看到那個傢伙，他想起大水怪襲擊速食店的新聞中也有那人，於是去資料室找到大水怪第一次出現的影片，那人就在大水怪身後幾十公尺的地方……」

「他們一定有關係。」阿博非常激動的說：「這次我也很專業吧？」

「嗯，我們都專業，都很聰明，我正在想怎麼樣才能找到那個傢伙呢！」乎乎警長望著阿博說：「全市只有我們能想到這一點，沒人比我們觀察得更仔細，哈哈哈……」

乎乎警長和阿博一起大笑，牛頓和莎士比亞也跟著笑著，就在這時，一個員警推門而入，乎乎警長趕緊收起笑容。

「喂！進來之前先敲窗，啊，不對，先敲門。」

「對不起，警長先生。」那個員警急忙致歉。

「有件很緊急的事，電視臺剛才播出了新聞，說一個黃頭

髮、穿咖啡色夾克、拿著藍盒子的男子和大水怪有關，因為他三次都出現在案發現場，在這之前有幾十通電話打進來，說法

和電視臺的一樣。」

「啊？」乎乎警長一下子愣住了，他和阿博對視著，「怎麼會這樣？」

說完，乎乎警長坐在椅子上，他對那個員警揮了揮手，員警退了出去。乎乎警長滿臉茫然，一副不知所措的樣子。

「警長先生。」阿博小聲說。

「完啦！」乎乎警長苦笑著說：「本來想等大水怪再出現的時候派人跟蹤那傢伙，現在他一定也看了電視，下次一定會喬裝的，或許根本就不出現了。」

「確實有些複雜。」阿博認真的說：「不要灰心，我覺得那傢伙一定會出現，只要大水怪出現他就會出現，他有可能會喬裝，因為看了電視，知道自己的身分暴露了。」

「你……為什麼說得這麼肯定？」

「你看，這個傢伙手裡拿著一個藍色的盒子。」阿博指著報紙上的照片，「那不是普通的盒子，一定是電子遙控器，用來指揮大水怪。」

「電子遙控器？你是說大水怪其實是機器構造，是電子大水怪？」乎乎警長似懂非懂的問：「可是牠被打斷的腳說明牠完全是個類似章魚的自然生物……」

「我知道牠是自然生物，但是牠非常聰明，只要看到警方出動重裝武器，馬上就跳進水裡。」阿博開始解釋：「你從海裡抓一條章魚上來，或者你去抓一隻大象來，看看牠們能否認識人類的重裝武器？完全不可能。大水怪能做到這一點一定是受到那傢伙的電子操控，否則牠只會傻乎乎的在案發地點被擊斃或活捉。」

「好像有點道理。」乎乎警長點點頭，「我想大水怪也不會那麼聰明，不過你的大狼狗和老鷹很聰明。」

「牠們有思想正是我用電子技術長期訓練的結果，會說話則是我為牠們安裝了電子發聲器。」阿博有些驕傲的說：「大水怪一定達不到牠們的水準，否則穿咖啡色夾克的傢伙就不用捧著藍色盒子緊緊跟著大水怪了。大水怪分辨事物的能力一定很初級，所以還要被遙控指揮。」

「那又怎樣？」乎乎警長疑惑的望著阿博。

「只要大水怪出來，那傢伙一定會跟著出來。」阿博說：「他會遙控大水怪的行動，而且一定會喬裝，我們還是能找到他的。」

「喬裝後很難分辨，我看他也不會那麼明顯的捧著那個盒子了。」

「這個你不用擔心，我能測出他的電子信號，只要他發射信號，我就能鎖定他。」阿博很有把握的說。

「那太好了。」乎乎警長轉憂為喜，興奮的說：「大水怪一定還會出來的，到時候那傢伙也會來，這次要靠你了，業餘超人。」

「只要大水怪再次出現，你就在警用頻道呼叫我。」阿博說：「我到達前不要派重裝武器出場，否則會嚇跑牠。」

「這我知道。」乎乎警長點點頭。

阿博和乎乎警長進行了一番詳細的計畫後才回到家裡。他非常有信心能抓到大水怪和那個躲在幕後的操控者。

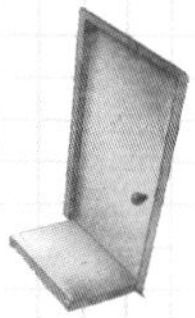

水庫前的房子

第二天，阿博早早就起床了，大水怪隨時可能出現。阿博把緊身戰衣和動力背包放在桌上，一旦大水怪出現，他會盡全力以最快的速度趕到。

「嗨！牛頓，我把頭上的羽毛豎起來是不是好看一些？」莎士比亞也起得很早，牠一直站在鏡子前。

「你還是拔光了毛最好看。」牛頓放下手裡的書說。

「哼！你就是嫉妒我才這麼說，因為你怎麼打扮都不會好看。」莎士比亞倒是不生氣，牠看看阿博，「主人，我頭上的羽毛豎起來是不是很好看？」

「嗯，還可以，這麼早你忙什麼呢？」阿博正在看報紙。

「我就要上電視了，當然要營造好看一點的形象。」莎士比亞說：「等我去《一群小笨蛋》劇組探班時，也要跟導演說一說，我覺得他們的戲裡正缺少一隻鸚鵡……主人，你在看什麼呢？」

「《橢圓時報》藝術活動報導。」阿博拿著一份報紙說：「音樂劇《美好時光》要在市立劇院公演，真是奇怪，都要公演了，為什麼我沒有得到通知呢？我幫他們寫過詩歌，寄給他們了，還讓他們譜上曲……」

「我想你永遠得不到通知的。」莎士比亞遺憾的說。

正說著，收音機裡的警用頻道一片嘈雜，莎士比亞轉身飛到收音機上。

「你的通知來了，嗯……不是導演的。」

「業餘超人、業餘超人，你聽到了嗎？我是乎乎警長。」收音機裡傳來乎乎警長的聲音，「大水怪在方塊區西城公路和西14街的路口，請你馬上前往……」

「牛頓、莎士比亞，我們出發吧！」阿博說著穿上了緊身戰衣。

一分鐘後，阿博急速飛到西城公路和西14街的路口，那裡已經亂成一團，只見大水怪在街上追逐著行人和汽車，只有幾個員警在指揮行人疏散，乎乎警長還沒有趕到。那個路口大部分的人都跑得遠遠的，也有些人躲在小巷子裡看大水怪，阿博覺得遙控牠的人就在裡面。

「記住，和牠拖時間，但不要靠得太近。」阿博降落在大水怪的身後，放下牛頓和莎士比亞後，躲進路邊的小巷。

牛頓和莎士比亞飛快的跑向大水怪，為了避免大水怪傷害到路人，牠們要吸引大水怪的注意。

「嗨，大水怪先生，還記得我們嗎——」牛頓衝到大水怪身後，放聲大喊。

「我們為你提供過最好的服務，你也不說一聲謝謝。」莎士比亞在半空中喊道。

聽到身後的喊聲，正在追逐一輛汽車的大水怪回過頭來，牠馬上認出牛頓和莎士比亞，張牙舞爪的撲了過來。

「嗨，你也太熱情了。」牛頓邊說邊退，「我不習慣和你這麼大的傢伙擁抱啦！」

大水怪的長腳掃過來，牛頓往旁邊一閃，「啪」的一聲，街邊的紅路燈柱被打斷了。

「大水怪先生、大水怪先生。」莎士比亞飛到大水怪的腦袋旁邊說：「嗨！我在這裡。看來你不是很滿意我們上次的服務呀！」

大水怪頭一轉，看到了莎士比亞，牠憤怒的揮起長腳打過去，莎士比亞拍動翅膀往上飛，大水怪的長腳打到了自己，怪叫一聲。

「嗨！大水怪先生，我帶你去吃漢堡，怎麼樣？」牛頓又跳出來。

大水怪嚎叫著撲向牛頓，牛頓只能向後退，但往後就是直線大河的碼頭，牛頓著急了。

「喂！再向後我就掉進河裡了。」牛頓壓低聲音，對著脖子下安裝的微型通話器說：「胖警長到了沒有？」

「再堅持一下。」阿博也很著急，「他們一定正在趕來的路上。」

這時，一陣警笛聲傳來，十幾輛警車急駛過來，車停下後跳下來一群員警，為首的正是乎乎警長，幾個扛著火箭筒的員警緊跟著他。

大水怪看到員警衝過來，不再去抓牛頓，改向碼頭方向衝去，到了碼頭，牠轉身跳進直線大河，一枚火箭彈擦著牠的腦袋飛了過去。

員警們一起衝到碼頭上，對著河裡猛烈開火。圍觀的人群和記者也跟著衝到河邊，阿博跟在那群人身後，牛頓不聲不響的走到阿博身旁。

「那個提著購物袋的傢伙。」阿博小聲對牛頓說：「信號就是他發出來的，你去吧！」

牛頓點點頭，向那群人走去。牠走到阿博鎖定的那個人身後，那人頭髮是黑色的，還留著鬍子，他提著一個購物袋，正伸長脖子往水面看。

牛頓悄悄的把一個比鈕扣還小的東西放在那人的鞋跟處，那東西是深色的，偽裝成一塊很小的泥巴，而且具有很強的黏性，那是一個氣味發散器，這是阿博早就設計好的。放好後，牛頓立刻跑回來，牠看見乎乎警長就在阿博身邊。

「搞定了。」牛頓對阿博說。

「好。」阿博點點頭，他把一個小盒子向乎乎警長展示了一下，那是他用來鎖定信號的設備，「電子信號就是從他的購

物袋發出來的，直接傳輸到大水怪的腦袋裡，我全都記錄下來了，大水怪腦袋一定有他植入的晶片。」

「頭髮變成黑色的，還貼著鬍子。」乎乎警長冷笑說，「果然喬裝了。」

「等他走後十分鐘再跟蹤，他跑不了了。」阿博提醒乎乎警長。

碼頭上的人慢慢散開了，提著手提袋的人沿著西城公路往北走去，他走了十幾公尺，隨後叫了一輛計程車，計程車向北開去。

「他坐車走了。」乎乎警長在街角觀察著那人，他有些著急的跑到阿博身邊，「其實也可以派人跟著他，我的人盯梢很拿手。」

「不用，萬一驚動他就不好了。」阿博說：「有牛頓，你就放心吧！」

車開走十分鐘後，阿博拿出電子鼻，為牛頓戴上。他和牛頓、莎士比亞搭上一輛小客車，開車的是乎乎警長，後面緊跟著三輛小客車，裡面坐著員警，這都是乎乎警長安排好的。

「一直往北。」牛頓坐在副駕駛的位置，牠鎖定了氣味發散器發出的味道。

小客車一路向北，牛頓指揮著行進方向，二十分鐘後，他們駛出了方塊區，進入到橢圓市最北端的半圓區。最後，在半圓區的桃子大街停下。

「就是前面那棟房子。」牛頓伸長脖子聞了聞，終於確定了來源，「味道就是從房子裡發出來的。」

五十幾公尺前，一棟房子矗立在那裡，那是棟緊臨街道的房子，乎乎警長看到房子後面有一片草地，草地旁是湖泊。

「那裡是桃子水庫，大水怪應該就藏在那裡。」乎乎警長指著湖泊說：「水庫有河道連著直線大河，通過直線大河又能到達全市的各個水域。」

「你們沒有搜索過水庫嗎？」阿博問。

「沒有，因為這裡不是重點水域。」乎乎警長說著拿出電話，請手下查那棟房子和居住者的情況。

眼前的房子裡沒有什麼動靜，大家都有些激動，阿博根據房子後面的水庫判定這裡就是操控者的家，大水怪就隱身在水庫中。

過了一會兒，乎乎警長的手下傳送資訊過來。房子的主人叫菲克，三十五歲，獨居，無正當職業。他的照片和報紙上那個拿著盒子的傢伙完全一樣，他就是那個操控大水怪的人。

乎乎警長馬上進行布署，員警迅速包圍那棟房子，隨後，乎乎警長走下車，兩名員警和他一起走向房子，阿博他們躲在小客車裡，看著乎乎警長的行動。

三位員警來到大門前，他們準備抓住那個傢伙，就在乎乎警長要按門鈴時，門突然開了。一個黃色頭髮的人走了出來，他看到乎乎警長，似乎明白什麼，隨即把門關上。

「喂！開門，我們是警察。」乎乎警長一邊敲門一邊大喊著，他身後的兩個員警拔出了手槍。

大門鎖上了，怎麼敲都沒動靜。乎乎警長也掏出手槍，對著門鎖連開兩槍。破壞門鎖後，一個員警衝上前去踹開了門。

阿博看到乎乎警長開槍，連忙鑽出小客車，牛頓和莎士比亞也跟著衝過去。

乎乎警長衝進屋內，穿過走廊，發現後門打開了，於是飛快跑過去。到了後門他發現那個黃髮男子手裡拿著一個盒子，對著後門外的水庫操控著。

「舉起手來。」乎乎警長舉著手槍說：「放下盒子，雙手抱頭──」

男子扔下盒子，雙手抱在頭上。這時，阿博他們也衝了過來，大家一起包圍住那個傢伙。

「很好。」乎乎警長說著走過去，「你叫什麼名字？」

「菲克，警察先生，我想你們搞錯了……」那人邊說邊往水庫看。

「我們沒有搞錯，菲克先生……」

正在這時，距離後門約一百公尺的水庫傳來一陣「嘩啦」的水聲，只見水中冒出一個很大的傢伙，正是大水怪。牠張牙舞爪的來到岸上，就在牠的身邊，還有十幾個和牠長得一樣的水怪跟著上岸。牠們的大小不一，最大的有大水怪的三分之一大，最小的和一個兒童差不多高，這些傢伙也同樣擺動長腳，惡狠狠的撲上來。

乎乎警長他們全都愣住了，這是出乎他們意料的情況。

「哇！水怪一家親……」莎士比亞飛到阿博的肩膀上，傻傻的說。

「哈哈哈……」菲克撿起地上的盒子，躲到大水怪身後，

「確實沒有搞錯，警察先生，現在你們舉起手來，放下槍，雙手抱頭——」

「你做夢！」阿博說著飛了起來，直撲大水怪。

「主人，加油！」莎士比亞大喊著給阿博打氣。

「射擊——」乎乎警長一看到阿博出手，對著大水怪就是一槍。

大水怪見阿博飛來，舉起長腳就打，阿博迅速升空，躲過了攻擊。他對著大水怪舉起電磁炮，射出一枚炮彈，大水怪一揮，打飛了炮彈。

後門這邊，乎乎警長和另外兩名員警邊射擊邊朝屋子裡撤退，同時大聲呼叫埋伏好的同事。此時，阿博和大水怪打成一團，菲克則指揮那些小水怪衝向員警。牛頓躲進屋內，莎士比亞則飛到一棵樹上。

乎乎警長他們對著衝過來的小水怪射擊，小水怪們倒是有些害怕子彈，牠們怪叫著，沒有立即衝上來。

另一邊，阿博和大水怪繼續搏鬥。就在這時，「轟」的一聲巨響，前來支援的員警射出了一枚火箭彈，大水怪馬上被炸翻在地，警方可是帶著重裝武器來的。

大水怪還沒有爬起來，「轟」的一聲，又一枚火箭彈在小水怪群中爆炸，那些傢伙瞬間東倒西歪。

「很好！很好！」乎乎警長激動的說。

菲克看到自己指揮的水怪們遭到重裝武器攻擊，趴在地上按下盒子上的按鈕，這確實是一個電子搖控器。大水怪和那些同夥搖晃著起身，慌慌張張的往水庫跑去。

阿博在半空中清楚的看到這一幕，他知道菲克在指揮大水怪撤退，立即舉起電磁炮，對著菲克射出一枚炮彈。

「不──」菲克還來不及喊叫出聲，乎乎警長看到，忍不住大喊。

阿博射出的電磁炮飛出炮口後就改變了方向，對著乎乎警長他們飛去，員警們紛紛趴下，「轟」的一聲，炮彈在後門門口爆炸了。

阿博顧不了那麼多，他對著地面上的菲克連續射出五枚炮彈，這些炮彈射出後四處亂飛，終於有一枚飛向菲克，這傢伙正操控著水怪們逃向水庫，那枚炮彈在他身邊十公尺處爆炸，猛烈的衝擊力把他震暈過去，距離水庫還有十幾公尺的水怪們失去指揮，剎那間站住全都不動了。

「攻擊——繼續攻擊——」阿博在半空中對扛著火箭筒的員警叫著。

「颼——颼——」兩枚火箭彈射出，在水怪群中爆炸，水怪們立刻被炸翻在地，其中大水怪受傷最重，牠又被炸斷幾隻長腳。爆炸過後，幾隻還能活動的小水怪四處亂跑，其中兩隻跑向水中。阿博迅速飛過去，在岸邊攔住牠們，這是兩隻身高不到一公尺的小水怪，牠們被阿博阻攔後，轉身往房子的方向逃去。

「去找繩子！」阿博對圍上來的員警們大喊，「找繩子把牠們捆起來。」

現場有些忙亂，有的員警在追逐逃跑的小水怪，有的員警在找繩子。阿博站在大水怪身邊，這個傢伙的十六隻腳只剩下八隻，倒像隻真的章魚了，此時牠歪倒在地，大口喘著粗氣，完全失去了攻擊能力。

阿博走到菲克身邊，菲克還沒有醒來。此時，乎乎警長把頭探進房子的後門。

「嗯，看來是搞定了。」乎乎警長邊說邊走進來，他看到阿博，馬上生氣的指著他，「業餘超人，為什麼又對我開炮，你看我哪裡長得像水怪？」

「失誤，完全是失誤。」阿博無可奈何的聳聳肩，「我會校正電磁炮的……啊，警長，大水怪被抓住了。」

阿博指著岸邊的大水怪，幾個員警正把繩子綁在大水怪剩下的長腳上，另外幾個小水怪也已經被捆綁。

「站住、站住。」一個聲音突然傳來，是牛頓的聲音，「

水怪寶寶，不要跑，我給你買糖糖……」

一隻半公尺高的小水怪從阿博和乎乎警長身邊跑去，牛頓在牠身後緊緊追趕，小水怪非常慌張，牠是這些水怪中最小的一隻。

小水怪拚命的跑著，經過一棵樹的時候，莎士比亞大叫一聲，從樹後飛了出來。小水怪被莎士比亞這麼一嚇，當場暈了過去。

「喂！莎士比亞，你把我的寵物寶寶嚇死了！」牛頓不高興的大喊。

「我是在幫你抓牠！」莎士比亞不開心的回應，「再說，牠只是暈過去了……」

「我會抓到牠的，不用你幫忙！」

「我喜歡幫你忙，你管不著……」

阿博和乎乎警長對視一下，開懷大笑。這時，地上的菲克醒了，他的身子先是動了動，隨後睜開眼睛。

「你醒了？」乎乎警長彎下腰，「那就好好說明吧，這究竟是怎麼回事？」

「我……」菲克表情很痛苦，「先扶我起來，給我一點水喝好嗎？」

乎乎警長叫員警給菲克倒了一杯水，菲克喝完後，似乎好了很多。

「這傢伙，」乎乎警長指向不遠處的大水怪，「是你的寵物嗎？」

「不是寵物，是我的實驗品。」菲克緩緩的說。

「實驗品？」阿博一愣，「什麼實驗品？」

「章魚，牠們都是章魚，普通的章魚，是我用電子科技把牠們養大的。」

「電子科技？這麼說你還是個科學家呢！」乎乎警長的語氣充滿嘲弄。

「不要用這種口氣對我說話。」菲克的語氣瞬間變得很憤怒，「我是大科學家菲克，曠世奇才菲克，即將改變人類未來的菲克……」

「說大話的菲克。」乎乎警長接過話。

「我沒說大話，我是為了大家好才這樣做的……」

菲克說出了事情的原委。他確實是個懂得電子科技的人，經過多年的研究，他發現了一種用電波刺激動物腦下垂體，使其體積能增長幾倍、幾十倍的技術原理，這項技術能把牛變得比大象還大，這樣人類的食物就大大增加了。菲克缺少資金，所以四處推銷這項技術原理，想找到合作夥伴，然而沒有任何人相信他，所以他決定先把自己家養的一隻章魚變大，這樣就能證明自己了。

菲克去年開始實驗，結果章魚越來越大，家裡養不下，只好放到水庫裡。菲克在章魚的腦袋裡植入晶片，才能進行遙控指揮。這段時間，長到幾公尺高的章魚越來越能吃，菲克的食物供給不足，於是他決定引導章魚上岸去速食店搶食物吃。剛開始幾次章魚不太敢上岸，露了幾次頭被市民看見，後來實在太餓，終於衝上岸，吃了爆米花和炸雞翅還不夠，最後衝進速食店。業餘超人趕來後，菲克發現章魚不怕電磁炮攻擊，就沒有第一時間讓牠撤離，但警方扛著火箭筒趕到後，菲克知道這種武器比電磁炮威力大，於是遙控章魚跳進水裡逃跑。

章魚被打斷幾隻腳後，一直非常暴躁。菲克知道那是因為牠想報復，這完全是本能驅使，菲克無法阻止，決定順從牠的意願，並引導牠上岸。後來，菲克看了電視，知道自己幾次出現在現場，鐵定被鎖定了，於是，今天特別喬裝後才引導章魚上岸。

「還說你是為了人類，這樣引導牠報復人類你覺得很應該嗎？」乎乎警長聽完菲克的話氣憤的說。

「牠很暴躁，我有點控制不了，要是不順從牠，牠會毀掉我的房子。」菲克理直氣壯的說。

「理由還真多。你知道嗎？你進行的是一項極其危險的生化實驗。」乎乎警長搖著頭說：「難怪別人不認可，你自己也說了，現在你也控制不了牠，你是在製造危險，不是解決人類的糧食問題。」

「怎麼不是？這麼大的章魚你都看見了。」

「這還能說是章魚嗎？」乎乎警長瞪著菲克，「章魚有幾隻腳？八隻！大水怪有幾隻腳？十六隻！眼睛又紅又綠，完全是變種，科學家對大水怪被打斷的長腳進行分析，裡面充滿各種有毒激素，完全不可能食用，這你都知道嗎？」

「這……我管不了那麼多。」菲克的聲音小了很多，「反正我把牠變大了……啊，其實我還能把牠變小，變回從前的大小，嗯……這需要時間……」

「多長時間？」乎乎警長馬上問。

「半年吧！」

乎乎警長沒再理他，他長嘆一口氣。

「那些小水怪也是你養的？」阿博指著那些小水怪問：「也都是章魚？」

菲克沒說話，只是點點頭。

「科學怪人。」阿博對乎乎警長說：「不知道能不能這樣說他。」

「嗯，也許可以吧！」乎乎警長看著那些被捆綁住的小水怪，「還好這些傢伙還沒有被他變大，要是一群大水怪就有的瞧了。」

「你們不要捆住我的水怪寶寶。」牛頓的聲音忽然傳來，只見兩個員警把那隻最小的水怪捆起來，牛頓在一旁阻撓。

「牛頓，你在做什麼？」阿博走了過去。
「你看，這隻水怪寶寶多可愛，我想要把牠當我的寵物，如何？」
「牠長大後會吃掉你的。」阿博說：「你想養一隻能吃掉自己的寵物？」
「啊？」牛頓愣住了，「這、這我倒是沒想到。」
「哈哈哈……」莎士比亞飛到牛頓的頭頂，「被自己的寵物吃掉，真是搞笑。」
「你這隻笨鳥！」牛頓跳起來抓莎士比亞，「我不拔光你的毛才怪……」
一天之後，《橢圓時報》辦公室裡，阿達正不放棄的纏著一個編輯。

「我說過了，業餘超人就是我的同學阿博，我當時叫他一聲，他馬上就回頭了。」阿達拿著照片，激動的比手畫腳，照片中戴著頭盔的業餘超人和乎乎警長正回頭看他，這張照片就是那天他鑽過警戒線拍下的，「我看電視上說大水怪出現在圓圈島的速食店，立刻趕過去，我知道業餘超人一定會去，我跟蹤阿博已經很久了……」

「唉！聽我說。」編輯無奈的搖手，「可是照片上的乎乎警長也回頭看你了，難道他也是你的同學？當時那種緊張的情況，你跑到他們背後大叫一聲，誰都會回頭看你的，這照片說明不了什麼……」

「可是……」

「沒有可是。」編輯失去耐性的說，「拜託，我很忙的，你為什麼不回家看看電視？或者玩遊戲，隨便做點什麼都行，就是不要妨礙我工作，真後悔叫你進來。」

「那這張照片賣給你們，捉拿大水怪現場照片，我只要一萬元。」阿達揮著照片說。

「都是過期新聞了，再說我們的攝影記者也在現場，我們有的是照片。」

「那一千元？一百元？」阿達怎麼也不肯走，「十元總可以了吧？那麼一元好嗎……」

幾分鐘後，垂頭喪氣的阿達拿著照片走出《橢圓時報》的辦公大樓，長嘆一口氣。

阿達抬頭看了看天空，天上有一隻鳥快速的飛過，阿達立刻想起了業餘超人。

「阿博，我一定會找到證據，證明你就是業餘超人！」阿達一字一句的說著。

動小說
業餘超人：捉拿大水怪

作　　者：關景峰
繪　　圖：曾瑞蘭
總 編 輯：鄭如瑤
文字編輯：姜如卉
美術編輯：張雅玫
封面設計：徐睿紳

社　　長：郭重興
發行人兼出版總監：曾大福
業務平臺總經理：李雪麗
業務平臺副總經理：李復民
實體通路協理：林詩富
網路暨海外通路協理：張鑫峰
特販通路協理：陳綺瑩
印務經理：黃禮賢
出版與發行：小熊出版・遠足文化事業股份有限公司
地　　址：231 新北市新店區民權路 108-2 號 9 樓
電　　話：02-22181417
傳　　真：02-86671851
劃撥帳號：19504465
戶　　名：遠足文化事業股份有限公司
客服專線：0800-221029
E-mail ：littlebear@bookrep.com.tw
Facebook：小熊出版
讀書共和國出版集團網路書店：http://www.bookrep.com.tw
讀書共和國出版集團客服信箱：service@bookrep.com.tw
團體訂購請洽業務部 02-22181417 分機 1132、1520

印　　製：漾格科技股份有限公司
法律顧問：華洋法律事務所／蘇文生律師
初版一刷：2019 年 10 月
定　　價：280 元
ISBN：978-986-97916-6-3

國家圖書館出版品預行編目（CIP）資料

業餘超人：捉拿大水怪／關景峰作；曾瑞蘭繪. -- 初版. -- 新北市：小熊出版：遠足文化發行，2019.10
160面；21 X 14.8　公分. -- (動小說)

ISBN 978-986-97916-6-3(平裝)

859.6　　108013213

小熊出版讀者回函　小熊出版官方網站